KB065132

Taming Master
테이밍 마스터

테이밍 마스터 22

2017년 12월 15일 초판 1쇄 인쇄
2017년 12월 20일 초판 1쇄 발행

지은이 박태석
발행인 이종주

기획 팀 이기헌 왕소현 박경무 이승제
책임 편집 최이슬

발행처 (주)로크미디어
출판등록 2003년 3월 24일
주소 서울시 마포구 성암로 330 DMC첨단산업센터 3층 314호
Tel (02)3273-5135 Fax (02)3273-5134
홈페이지 rokmedia.com E-mail rokmedia@empas.com

© 박태석, 2016

값 8,000원

ISBN 979-11-294-2600-0 (22권)
ISBN 979-11-5960-986-2 04810 (세트)

Taming Master

|박태석 게임 판타지 장편소설 |

테이밍 마스터

ROK
MEDIA
로크미디어

CONTENTS

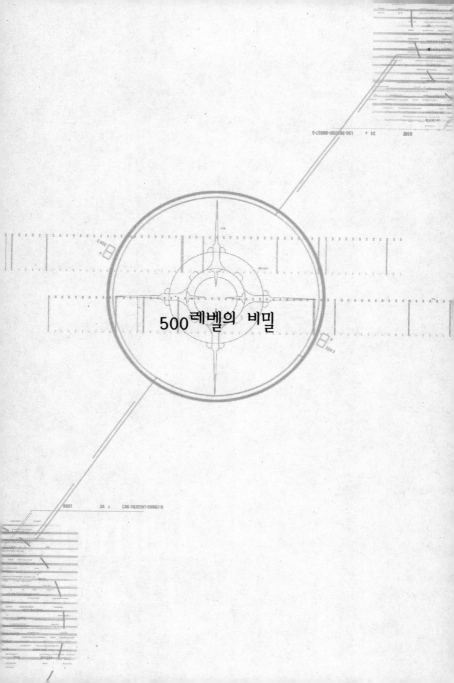

500 레벨의 비밀

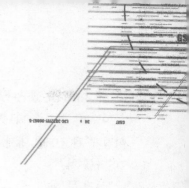

꿀꺽.

TV에 연결된 스피커를 타고, 침 삼키는 소리가 울려 퍼졌다.

순간적으로 조용해진 전장.

그에 더해, 말을 잃은 해설진들.

평소에는 매 장면, 장면 곧바로 해설을 풀어내는 하인스조차도 두 눈을 부릅뜬 채 아무런 말이 없다.

마치 잠시 동안 시간이 멈추기라도 한 듯 보였다.

"야, 세미!"

"왜 불러?"

"설명 좀 해 줘 봐."

"홋, 이해 못 했구나?"

"아 씨, 현기증 나니까 빨리 설명 좀 해 줘 봐! 대체 이거 어떻게 된 건데? 대체 스킬을 어떻게 썼길래 쿨타임도 없이 7연타를 쳐?"

"설명 못 해."

"……?"

"나도 이해 못 했거든."

"우씨."

한국대학교 가상현실과의 구석 끝에 있는 작은 세미나실.

세미와 영훈을 비롯한 너댓 명의 1학년 학생들이 스크린에 YTBC 게임 방송을 틀어 놓고 오순도순 모여 시청 중이었다.

그리고 그중에서도 특히 세미와 영훈은 거의 화면 안으로 빨려 들어가기 직전이었다.

TV에서는 루시아와 하인스의 목소리가 계속해서 흘러나오고 있었다.

─하, 하인스 님. 일단 스킬 정보부터 좀 띄워 주시겠어요?

─아무래도 그게 낫겠죠?

─네, 어떻게 된 상황인지 해설하기 위해서는, 우선 스킬 정보부터 띄워 놓는 게 좋을 것 같아요.

─알겠습니다. 블러드 스플릿이야 이미 알려져 있는 고유 능력이니, 띄우는 건 어렵지 않죠.

하인스와 루시아의 대화가 이어지더니, 스크린의 한쪽 구석에 '블러드 스플랏' 스킬의 스킬 정보 창이 떠올랐다.

스킬의 공격 계수부터 시작해서 부가 옵션들까지 상세히 적혀 있는 정보 창.

그리고 그것을 확인한 세미와 영훈은 흥분한 목소리로 입을 열었다.

"오, 스킬 정보 떴다!"

"오오, 이거 역시 조건부 옵션 때문에 쿨타임 없이 쓸 수 있었던 거네."

"영훈, 예상했던 척하지 말아 줄래?"

"우씨."

하지만 그 정보들을 확인했음에도, 의문이 완전히 가시는 것은 아니었다.

대체 조건부 발동 옵션들을 어떤 식으로 활용한 것인지, 이해할 수 없었기 때문이었다.

"처치 시 재사용 대기 시간 초기화. 이 옵션을 활용한 건가?"

"그런 것 같은데? 한 번 발동시킬 때마다 정확히 각을 재서, 생명력 얼마 남지 않은 다른 언데드까지 동시에 맞춘 것 같아."

"일곱 번 전부?"

"어……. 생각해 보니 그건 또 아닌 것 같아. 정확히 보진 못했지만, 스킬은 못해도 대여섯 번 발동되었거든."

"막타 친 언데드는 총 셋이고?"

"그렇지."

"헐……? 대체 어떻게 한 거지? 버그인가?"

"버그가 아니라면, 방법은 하나인데……."

"세 번째 옵션 말하는 거지? 3연속 치명타 시 재사용 대기 시간 초기화."

"그래. 그 옵션. 아, 되감기라도 해서 다시 봐야 정확히 이해가 되겠는데……."

세미와 영훈에 비해 게임 이해도가 떨어지는 다른 학생들은 그저 멀뚱히 그들의 대화를 듣고 있었고, 두 사람은 방금의 상황을 이해하기 위해 열심히 의견을 나누기 시작했다.

그런데 그때, 화면 속에서 가만히 있던 하인스가 드디어 입을 열었다.

─느린 화면으로 다시 보겠습니다. 시청자 여러분, 지금부터 집중해 주시길 바랍니다.

그에 마치 약속이라도 한 것처럼 동시에 입을 다문 영훈과 세미의 두 눈이 스크린으로 고정되었다.

사실 블러드 스플릿은 이전부터 유명했던 스킬이다.

그동안 마계에서 림롱이 활약할 때마다 등장했던, 림롱의 상징과도 같은 고유 능력이었기 때문이었다.

사실상 암살자 클래스의 1위 유저인 림롱의 주무기인 데다 무척이나 강력하고 화려한 스킬이기 때문에, 유명하지 않으려야 않을 수 없었던 것.

이 블러드 스플릿이 처음 유명세를 타게 되었던 계기는, 마계의 '반란군 토벌 전투' 에피소드 때였다.

당시 반란군으로 등장했던 마족 NPC 다섯 명을 림롱이 한순간에 처치하는 매드 무비가 떠돌았던 적이 있었고, 그때 그가 주로 사용했던 스킬이 이 블러드 스플릿이었던 것이다.

그리고 림롱이 그때 보여 주었던 블러드 스플릿 컨트롤은 엄청난 난이도를 자랑했다.

완벽한 대미지 계산과 타깃팅.

거기에 정확한 명중률까지.

그것은 어지간한 랭커들도 쉽게 흉내 낼 수 없는, 그야말로 '매드 무비'라는 말이 어울리는 장면이었다.

재밌는 것은, 림롱의 매드 무비를 처음 중계했던 해설자도 하인스였다는 것이다.

하인스는 당시의 장면을 머릿속으로 떠올리며, 고개를 절레절레 저었다.

'하지만 적어도 그때 그 장면은, 소름 돋게 놀라웠을지언정 이해가 불가능할 수준은 아니었지.'

당시 림롱의 플레이는, 사실 간단하게 설명할 수 있는 것이었다.

블러드 스플릿을 사용하여 생명력이 얼마 남지 않은 다섯 마족을 정확히 맞춘 것뿐이었으니 말이다.

마족 하나를 처치할 때마다 재사용 대기 시간이 초기화되었고, 때문에 연속적으로 스킬을 사용할 수 있었던 것뿐.

다만 붉은 잔영이 사라지기도 전에 다섯 번의 스킬을 전부 발동시켰으며, 그 다섯 번을 전부 맞췄다는 사실이 놀라운 부분이라 할 수 있었다.

즉 누구나 생각해 낼 수는 있는 플레이지만, 실제로 실현하는 것은 불가능에 가까운, 그런 플레이를 보여 줬었던 것이다.

그런데 그에 반해 지금 이안이 보여 준 플레이는 애초에 이해조차 되지 않았다.

일곱 번의 블러드 스플릿이 연속해서 발동되었다면 적어도 일곱 이상의 언데드가 죽었어야 하는데, 처치된 언데드는 셋에 불과했기 때문이다.

버그 없이 이 상황이 성립할 수 있는 유일한 방법은 세 번째 조건부 옵션뿐이었다.

세 번 이상 연속해서 치명적인 공격을 성공시킬 시, 블러드 스플릿의 재사용 대기 시간이 초기화된다.

그런데 대체 그 짧은 시간 안에 세 번의 치명타를 어떻게 터뜨렸으며, 스택Stack 계산을 대체 어떻게 한 것인지 하인스로서는 감조차도 잡히지 않았다.

식은땀을 훔친 그는 느리게 재생 중인 이안의 전투 장면을 집중해서 보았다.

적어도 느리게 재생되는 영상을 보면서는 시청자들이 납득할 만한 해설을 해야만 했으니 말이다.

진중한 표정의 하인스가 해설을 위해 천천히 입을 떼기 시작했다.

"자, 이 부분이 첫 번째 블러드 드플릿이 발동되는 장면입니다!"

느린 화면 안의 이안이 붉은 기운에 휩싸이는 순간, 전방으로 쏜살같이 쏘아져 나갔다.

이안은 아리아네스를 관통하고 지나갔으며, 그 순간 여지없이 '치명타'가 발동했다.

－죽음의 마녀 '아리아네스'에게 치명적인 피해를 입혔습니다!

그리고 아리아네스를 지나친 이안의 붉은 신형은, 그 뒤쪽에 있던 해골기사 하나를 연속해서 뚫고 지나갔다.

생명력이 절반도 채 남아 있지 않았던 해골기사는 그대로 사망에 이르렀다.

－'스켈레톤 나이트'에게 치명적인 피해를 입혔습니다!

－'스켈레톤 나이트'를 성공적으로 처치하였습니다!

-'블러드 스플릿' 고유 능력을 사용해 적을 처치하셨습니다!

-고유 능력 '블러드 스플릿'의 재사용 대기 시간이 초기화되었습니다.

느린 화면으로 여기까지 확인한 하인스는 순간 온몸에 소름이 돋는 것을 느꼈다.

'여, 여기서 벌써 치명타가 2스택이야……!'

대상 하나를 치명타로 맞추는 것은, 대부분의 랭커들이 어렵지 않게 성공시킬 수 있는 것이었다.

하지만 직선으로 뻗어 나가는 논타깃 스킬로 동시에 둘 이상의 타깃에 치명타를 띄운다?

이건 그야말로 이론상으로나 생각해 볼 수 있는 전개였다.

하인스의 머리가 빠르게 회전하기 시작했다.

'여기서 치명타 2스택이면, 곧바로 3스택이 가능하겠지.'

방금 이안은 해골기사를 처치함으로써 치명타 2스택을 얻음과 동시에 블러드 스플릿을 다시 쓸 수 있게 되었다.

그 말인 즉 다시 아리아네스에게로 블러드 스플릿을 사용하여 한 번 더 치명타로 맞춘다면, 그 순간 치명타가 3스택이 되면서 재사용 대기 시간이 또다시 초기화된다는 말이었다.

그리고 하인스의 예상처럼, 이어진 이안의 블러드 스플릿은 여지없이 치명타로 격중되었다.

-죽음의 마녀 '아리아네스'에게 치명적인 피해를 입혔습니다!

-연속 세 번의 공격을 '치명타'로 명중시켰습니다!

-고유 능력 '블러드 스플릿'의 재사용 대기 시간이 초기화되었습니다.

'적 처치 시 재사용 대기 시간 초기화'라는 첫 번째 옵션이 발동하지 않았음에도 불구하고, 두 번째 스킬 초기화에 성공한 것.

이제 모든 매커니즘을 이해한 하인스는 자신도 모르게 목청이 터져라 소리치기 시작했다.

"이거였어요! 처치할 적이 나오지 않는 타이밍에 정확히 치명타 스택을 만들어서, 같은 적을 대상으로 연속 일곱 번의 스킬 발동이 가능하게 했던 거였습니다!"

이어서 느린 화면 속의 이안은 순간적으로 지면을 박차며 위치를 살짝 움직여 주었다.

미리 봐 두었던 다음 타깃과 아리아네스의 위치를 전면으로 일직선상에 올리기 위해서였다.

그리고 이제부터는 같은 패턴의 반복이라 할 수 있었다.

하인스가 고래고래 소리 지른 것처럼, 이안은 중간중간 치명타 스택을 활용하였다.

연속 일곱 번의 핏빛 섬광이 아리아네스를 난자할 수 있었던 이유가 밝혀진 것이다.

영상이 다 끝나고 난 뒤, 뒤늦게 상황을 이해한 루시아 또한 자리에서 벌떡 일어났다.

"이건, 진짜 엄청난 것 같아요, 하인스 님!"

경악스런 표정으로 입을 쩍 벌린 루시아.

하인스는 심지어 거의 울고 있었다.

"아, 저는 오늘 이 장면을 라이브로 봤다는 사실, 제가 직접 중계했다는 사실만으로도 행복합니다!"

"이안갓! 역시 명불허전이에요!"

"그렇습니다. 대체 어떻게 게임을 하면 이런 컨트롤이 가능할까요? 아니, 그에 앞서……. 어떻게 이런 생각을 떠올릴 수 있는 것일까요?"

"그건, 타고난 게임 센스가 아닐까요?"

"하……. 이건 게임이 아니라 예술입니다! 예술이에요!"

하인스는 도무지 여운이 가시지를 않는지, 이안의 블러드 스플릿 컨트롤에 대해 계속해서 설명과 감탄을 반복했다.

하지만 그것을 지켜보는 시청자는 아무도 없었다.

여러 번의 설명 덕에 겨우 이해한 유저들이 대다수였으며, 금방 이해한 유저들조차도 연신 되뇌며 감탄하고 있었기 때문이다.

그리고 그동안에도 원정대의 전투는 계속되고 있었다.

느린 화면이 재생되는 사이에 하나의 네임드 보스가 추가로 사망하였으며, 나머지 다섯의 보스들도 빠르게 생명력이 떨어지기 시작하였다.

물론 그 과정에서도 임팩트 있는 장면들이 많이 연출되었지만, 이안의 블러드 스플릿만 한 명장면은 더 이상 나오지 않았다.

그와 별개로 중계 열기는 갈수록 달아올랐지만 말이다.

그렇게 1시간 정도가 더 흘렀을까?

쿵—!

리치 킹의 앞을 마지막까지 지키던 거대한 고스트 드래곤을 마지막으로 일곱의 하수인들이 전부 사망에 이르렀다.

그리고 그것은 리치 킹 레이드가 절반 이상 성공했음을 의미하는 것이었다.

페이즈가 지날수록 리치 킹 자체는 더 강력해질 게 분명했지만, 그렇다고 해서 일곱의 하수인과 함께 상대해야 할 때보다 어렵지는 않을 것이기 때문이었다.

허공에 떠 있던 리치 킹이 진부한 대사와 함께 이안의 앞에 내려앉았다.

쿵—!

"크흘흘. 과연, 인간 나부랭이들 주제에 제법이로군."

리치 킹이 떨어져 내린 자리를 중심으로 어둠의 기운들이 사방으로 퍼져 나갔다.

재빨리 그것을 피해 낸 이안과 원정대들은 긴장한 표정으로 리치 킹을 응시했다.

레이드의 다음 페이즈가 어떤 양상으로 이어질지 알 수 없었기 때문이었다.

그리고 잠시 후, 리치 킹을 감싸고 있던 어둠의 기운들이 사방으로 퍼져 나가더니, 이안과 원정대의 눈앞에 시스템 메시지들이 주르륵 하고 떠올랐다.

띠링-!

-리치 킹 '샬리언'의 하수인들을 전부 처치하셨습니다!

-명성이 15만만큼 증가합니다!

-공헌도가 140만만큼 증가합니다!

-샬리언을 지키고 있던 어둠의 기운이 모두 사라집니다.

-이제부터 샬리언을 공격할 수 있습니다.

그런데 바로 그때, 메시지들을 읽어 내려가던 이안의 두 눈이 순간적으로 크게 확대되었다.

그것은 메시지의 내용 때문이 아니었다.

메시지가 떠오름과 동시에 공개된 샬리언의 레벨 때문이었다.

-리치 킹 샬리언 : Lv. 500

'뭐지? 어떻게 이럴 수가 있는 거지?'

훨씬 강력한 샬리언의 레벨이, 방금 처치한 하수인들의 레벨과 완벽히 똑같았던 것이다.

최소 550정도는 될 것이라 예상했던 샬리언의 레벨이 하수인들과 같은 500레벨로 세팅되어 있었던 것.

상식적으로 이해하기 힘든 일이 벌어진 것이다.

카일란에서는 몬스터의 레벨이 같다고 해서 전투 능력까

지 같다고 단정 지을 수 없다.

몬스터마다 제각각 다른 티어를 가지고 있기 때문이다.

일반 등급부터 시작해서 신화 등급까지.

티어 하나가 올라갈 때마다 전투력이 기하급수적으로 상승하기 때문에, 일반 등급과 신화 등급의 경우 그 차이가 거의 두 배에 가까웠다.

때문에 아무리 레벨이 같다고 해도 리치 킹의 하수인들과 리치 킹은 분명히 전투력에서 차이가 날 것이다.

그것을 정확히는 알 수 없겠지만, 이안은 그 차이가 아마 전설 등급과 신화 등급 정도의 차이일 것이라고 생각했다.

그리고 그 정도의 차이라면, 리치 킹을 처치하는 것은 너무나도 쉬울 것이었다.

'이거…… 좋아해야 하는 건가?'

이안은 날카로운 눈빛으로 리치 킹의 면면을 살펴보았다.

차라리 샬리언의 레벨이 예상했던 대로 550정도였다면 망설임 없이 덤벼 보았을 텐데, 생각지 못했던 상황이 닥치자 오히려 섣불리 움직일 수가 없었다.

'함정'의 냄새가 났기 때문이었다.

그리고 움직이지 않는 것은 이안뿐이 아니었다.

원정대 전체가 진영만을 유지한 채 천천히 샬리언의 동태를 살피고 있었다.

물론 이안과 샤크란의 오더가 떨어지지 않은 탓도 있었지만, 그들 또한 의외의 상황에 당황한 기색이었다.

스하아아아—!

기괴한 소리가 울려 퍼짐과 동시에, 허공에 떠 있던 샬리언의 신형이 사뿐히 바닥으로 내려앉았다.

그리고 그의 시커먼 두 눈에서 시뻘건 섬광이 뿜어져 나왔다.

"가소로운 인간 놈들, 지상계의 하찮은 힘만 가지고 이 몸에게 도전한 것을 후회하게 될 것이다!"

고오오오.

이어서 샬리언의 주변으로 강력한 어둠의 기운을 담은 광풍이 몰아치기 시작했다.

세상 모든 것을 파괴해 버리기라도 하겠다는 듯 엄청난 기세로 휘몰아치는 어둠의 소용돌이.

원정대는 그 광풍에 휩쓸리지 않기 위해 빠르게 진영을 뒤로 물렸고, 유저들은 더욱 긴장한 표정이 되었다.

광역 공격에 살짝 스친 것만으로도, 어마어마한 피해가 들어오는 것을 목격했기 때문이었다.

아무리 눈썰미가 없는 사람이라 하더라도, 이 공격의 수준이 하수인들의 그것과 차원이 다르다는 것 정도는 알아챌 수 있었다.

그리고 이안의 표정 또한 지금까지와는 달라져 있었다.

하지만 그것은 다른 이들과는 달리 긴장이나 놀람의 표정이 아니었다.

오히려 이안은 재미있다는 듯한 표정이었다.

이안은 리치 킹의 대사에서 흥미로운 부분을 발견한 것이다.

'지상계의 하찮은 힘이라고?'

이안은 차원계에도 등급이라는 게 존재한다는 사실을 안다.

일전에 루가릭스로부터 중간계의 존재를 들으면서, 차원계의 전체적인 시스템이 어떤 식으로 구성되어 있는지 알게 되었기 때문이다.

인간계와 마계 등이 속해 있는 지상계.

용천과 명계 등 한 단계 높은 등급의 차원계들이 속해 있는 중간계.

마지막으로 신들의 차원이라는 천상계까지.

이안의 머리가 빠르게 회전하기 시작했다.

'저 말은, 본인의 힘이 지상계의 수준을 넘어섰다는 이야기겠고……. 그렇다면 중간계의 힘이라도 얻었다는 건가?'

하지만 의문은 쉽게 가시지를 않았다.

이안의 지식에 의하면, 중간계의 힘은 지상계에서 사용할 수 없기 때문이다.

이안은 틈날 때마다 루가릭스에게 중간계에 대해 물어보았고, 그때 이러한 사실을 알게 되었다.

이안은 한 달쯤 전, 루가릭스와 했던 대화를 떠올려 보았다.

"루가릭스, 넌 중간계에서 얼마나 강한 거야?"

"얼마나 강하냐니?"

"그러니까, 중간계 내에서 네 전투력이 어느 정도 수준인지를 묻는 거야."

이안의 질문에, 루가릭스는 사뭇 진지한 표정이 되었다.

본인도 지금껏 생각해 본 적 없었던 부분이었는지, 그는 제법 오랜 시간 동안 생각에 잠겨 있었다.

"글쎄……. 정확히는 알 수 없지만, 아마 평균 정도 수준은 될걸?"

"그래?"

"응. 다른 차원계에서는 어떨지 몰라도, 용천에서 만큼은 평균 이상이라고 할 수 있지."

"그……렇군."

"근데 그건 왜 묻는 건데?"

루가릭스의 반문에, 이안은 뒷머리를 긁적이며 대답했다.

그리고 그것은 본의 아니게 루가릭스의 자존심을 건드렸다.

"흠, 생각보다 중간계의 수준이 낮은 것 같아서."

"뭐, 뭐랏?"

"아니, 그렇잖아. 솔직히 네가 강하기는 해도, 내가 소환수들 다 동원하면 상대 못 할 정도는 아니거든."

"우씨!"

"그런데 네가 중간계에서도 중간 수준이나 된다면…….
중간계가 내 기대보다 너무 약한걸?"

이안의 일목요연한 근거 제시에 얼굴이 빨개진 루가릭스
가 씩씩거렸다.

루가릭스는 뭔가 억울한 부분이 있는 모양이었다.

"그게 아니야, 이안 이 바보야."

옆에서 잠자코 듣고 있던 엘카릭스가 '바보'라는 단어에 불
쑥 끼어들었다.

"우리 아빠는 천재거든!"

"아우 씨이, 그게 아니라고. 아무튼!"

그리고 루가릭스가 씩씩거리는 것을 지켜보던 이안은 뭔
가 이상하다는 것을 느낄 수 있었다.

'루가릭스 저 녀석이 떼쟁이 초딩이기는 해도 근거 없는
주장을 하는 녀석은 아닌데…….'

흥미가 생긴 이안이 슬쩍 루가릭스를 떠보기 시작했다.

"그게 아니면 뭔데?"

"으으!"

"내가 모르는 뭔가 있는 거야?"

그리고 루가릭스는 이안이 던진 미끼를 덥썩 물었다.

"당연하지! 내가 중간계의 힘을 사용하면……!"

"오호?"

"모, 몰라! 아무튼 아니야. 나는 이안 네가 생각하는 것보다 훨씬 강하다고!"

이안은 씨익 웃으며, 루가릭스에게 슬쩍 다가갔다.

녀석이 미끼를 물었으니, 이제 슬슬 구슬려 건져 올리기만 하면 될 터였다.

"에헤이, 중간계의 힘이 뭔지도 설명해 줘야지."

"그, 그건 말할 수 없어……!"

"왜 말할 수 없는데?"

"중간계의 이야기를 지상계의 존재에게 함부로 발설하면 안 된단 말야."

"그래? 그렇다면 믿어 줄 수 없는걸?"

"……!"

"너한테 숨겨진 대단한 힘이 있다는 사실 말이야."

"그냥 좀 믿어 주면 안 될까?"

"응. 그냥은 안 돼. 네가 그 중간계의 힘에 대해 이야기해 주기 전까지는 네 말을 믿을 수 없지."

"크윽!"

이안이 은근한 목소리로 말을 이어 갔다.

"너 이미 나한테 중간계에 대한 이야기 많이 했잖아."

"그, 그렇긴 하지."

"이거 하나 더 해 준다고 해서, 달라질 게 뭐 있어?"

"그렇지만……!"

"얼른 얘기해 봐. 그렇지 않으면, 난 네가 중간계의 말단이라고밖에 생각할 수 없으니까."

"말단이라니! 절대로 아니지 그건!"

루가릭스는 여느 때처럼 이안에게 완벽히 넘어왔고, 중간계의 힘이라는 것에 대해 술술 불기 시작했다.

그리고 그것은 당장 도움이 되는 내용은 아닐지언정 충분히 흥미로운 이야기였다.

'그러니까…… 상위 차원계에서 얻은 힘은 하위 차원계에서 제대로 사용할 수 없다는 거잖아?'

루가릭스의 설명은 간단했다.

'자격'이 있는 자가 중간계에 들어서는 순간 '중간자'라는 호칭을 얻게 되는데, 그와 동시에 초월적인 힘을 수련할 수 있게 된다고 했다.

그리고 그 힘은 지상계에서 얻을 수 있는 힘보다 훨씬 막강하지만, 하위 차원계에서는 힘의 대부분이 봉인된다는 것이다.

해서 본인이 강력한 초월적인 힘을 가지고 있음에도 불구하고 인간계에서는 다 사용할 수 없다고 이야기하였다.

'신들이 인간계에서 제대로 된 힘을 발휘하지 못하는 것도 비슷한 맥락에서 보면 되겠군.'

카일란의 시스템 속에 숨겨져 있는 또 하나의 설정을 찾아낸 이안은 무척이나 기분 좋은 표정이 되었다.

‘중간자. 그리고 초월적인 힘이라……. 이거, 중간계에 빨리 넘어가고 싶은데?’

자격이라는 게 뭔지는 정확히 알 수 없었지만, 그 또한 중간계에 가 보면 알게 될 것이라 생각했다.

‘리치 킹을 잡고 명계로 넘어가 보면 모든 걸 알 수 있게 되겠지.’

루가릭스에게서 또 한 번 정보를 뜯어낸 이안이, 흡족한 표정으로 씨익 미소 지었다.

리치 킹 샬리언과 눈이 마주친 이안이 천천히 상념에서 깨어났다.

‘저 녀석, 여기서 중간계의 힘을 사용하려고 하는 건가? 하지만 루가릭스의 말대로라면, 제대로 된 힘을 사용할 수 없을 텐데?’

하지만 다른 가정은 딱히 떠오르지 않았다.

방금 리치 킹이 내뱉은 대사와 500에 불과한 그의 레벨을 생각해 보았을 때 중간계의 힘이 아니라면 저렇게 자신만만한 대사를 할 수 없을 것이기 때문이었다.

‘중간자로서의 힘을 여기서 쓸 수 있는 방법이라도 아는 건가?’

그런데 여기까지 생각이 미치자 이안은 순간적으로 소름이 돋는 것을 느꼈다.

지금까지 간과하고 있었던, 하나의 사실을 깨달아 버린 것이었다.

"그러고 보니 루가릭스도 500레벨이었잖아?"

이안은 자신도 모르게 육성으로 내뱉고 말았다.

옆에 있던 길드원들이 의아한 표정을 지었지만, 이안은 지금 거기에 신경 쓸 겨를이 없었다.

'루가릭스뿐만이 아니야. 전륜성왕도 그렇고, 이리엘도 그렇고……. 마계와의 전쟁에서 성왕이 내려 보냈던 지원군, 천룡수호대장 백휘수의 레벨도 500이었어.'

게다가 곰곰이 떠올려 보니, 마계에서 처음 만났을 때 샬리언의 레벨도 정확히 500이었다.

이쯤 되자 이안의 짐작은 추측이 아니라 거의 확신이 되어 머릿속에 자리 잡았다.

'만렙! 500레벨이 만렙이었던 거야! 당연히 그게 성장의 끝은 아니겠지만, 적어도 인간계에서 올릴 수 있는 최고의 레벨은 500레벨이 끝이었어!'

머릿속에서 차례차례 퍼즐이 맞춰지면서, 이안은 순간적으로 몸을 부르르 떨었다.

머리가 맑아지는 기분이 들었기 때문이었다.

'그렇다면 리치 킹의 레벨이 500에 불과한 건 이상한 게 아니라 당연한 거였네. 아무리 놈이 강하더라도 시스템 상에서 정해져 있는 최고 레벨을 벗어날 수는 없을 테니까 말이야.'

척-!

생각이 전부 정리된 이안이 리치 킹을 향해 붉은 검을 겨누었다.

그가 자신만만한 데에는 분명 어떤 근거가 있겠지만, 그렇다고 해도 더 이상 망설일 이유는 사라진 것이다.

적어도 가장 의문스러웠던 '500레벨의 비밀'은 거의 완벽하게 풀었으니 말이다.

'중간계의 힘을 어떻게 사용한다는 건지는 몰라도, 일단 부딪쳐 봐야 답이 나오겠지.'

저벅저벅.

진영 안쪽에서 리치 킹과 마주보고 있던 이안이 천천히 걸음을 떼어 샬리언에게로 다가갔다.

그러자 샬리언이 씨익 웃으며, 이안을 향해 입을 열었다.

"가장 먼저 망자가 되어 나의 권속으로 들어오고 싶은 녀석이 이안, 네놈인가."

샬리언의 말에 피식 웃은 이안이 다시 한 번 검을 겨누며 담담하게 대꾸했다.

"부하들은 죄다 잃어버린 주제에. 입은 그만 털고, 이제 행동으로 보여 주라고."

여느 때처럼 자존심을 살살 긁는 도발을 시전하는 이안.

그리고 그 말을 듣는 순간, 샬리언의 기세가 또다시 일변했다.

"건방진 놈, 그 말, 곧 후회하게 될 것이다!"

말이 끝나자마자 샬리언의 신형이 다시 허공으로 부유했다.

그리고 뼈만 남은 앙상하고 길쭉한 그의 양손에서 보랏빛의 기운이 넘실거렸다.

그것을 확인한 이안이 빠르게 오더를 내렸다.

"어떤 공격 마법을 캐스팅할지 모릅니다! 마법병단, 실드 마법 캐스팅 준비하세요!"

이안의 오더가 끝나기 무섭게 여기저기서 공명음이 울려 퍼지기 시작했고…….

우웅- 우우웅-!

샬리언의 양손에서 뻗어 나온 어둠의 기운은 점점 더 큰 범위로 퍼져 나갔다.

'여차하면 닉이라도 동원해서 지워 버려야 할 마법인가?'

날카로운 눈으로 샬리언의 마법을 관찰하는 이안.

그런데 그때, 원정대 유저들의 눈앞에 생각지 못했던 시스템 메시지들이 떠올랐다.

띠링-!

-리치 킹 '샬리언'이 금단의 차원 마법을 펼치기 시작합니다.

-'팔카치오 왕성' 던전 전역에 '어둠의 결계'가 내려앉습니다.

-'팔카치오 왕성' 던전의 차원 타입이 일시적으로 '중간계'로 변경됨

니다.

그리고 그 메시지의 의미를 이해한 이안의 두 눈이 커다랗
게 확대되었다.

−이게 무슨 말일까요? '중간계'라뇨?

−그러게요. 또 새로운 차원계가 등장하기라도 하는 것일까요?

−하인스 님, 중간계에 대해서 아시는 것 없으세요?

−네. 저도 중간계라는 말은 지금 처음 봤습니다. 상황이 대체 어떻게
흘러가는 것일까요?

어두운 방 안.

한 남자가 소파에 등을 푹 묻은 채, 흥미로운 표정으로 화
면을 응시하고 있었다.

그리고 그는 마치 해설자와 대화하기라도 하듯 작은 목소
리로 중얼거렸다.

"어떻게 흘러가긴. 저 멍청한 리치 킹 AI가 제 무덤 판 꼴
이지 뭐."

그런데 특이한 점은, 남자의 한국말이 어딘지 모르게 어눌
하다는 점이었다.

어휘 자체는 한국 사람과 다를 바 없이 완벽하게 구사하고
있었지만, 발음은 누가 들어도 외국인의 그것이었다.

"이안이라고 했나? 확실히 한국 서버의 톱클래스라고 할 만하군. 대단해."

피식 웃으며 중얼거린 남자는, 돌연 자리에서 일어나더니 리모컨들 들어 TV를 꺼 버렸다.

핑—!

"결과야 뭐, 보나 마나일 테니까……."

남자는 천천히 걸음을 옮겨 어디론가 향하기 시작했다.

그리고 그런 그의 뒤를, 검은 정장을 입은 두 남자가 조용히 따라붙었다.

'이거 흥미진진한데?'

일시적으로 차원 타입이 '중간계'로 변경되면서 그에 따라 여러 줄의 시스템 메시지들이 주르륵 떠올랐다.

하지만 그중 가장 눈에 띄는 것은 '중간계'만의 콘텐츠로 보이는 '초월 레벨'에 관한 것들이었다.

-'팔카치오 왕성' 던전의 차원 타입이 일시적으로 '중간계'로 변경됩니다.

-지상계에서 얻은 모든 능력치에 비례하여 초월 능력치가 설정됩니다.

-이제부터 '초월 레벨'이 적용됩니다.

-현재 '이안' 님의 초월 레벨은 Lv. 1입니다.

─'용사의 자격'을 얻을 때까지 초월 레벨의 레벨 업이 제한됩니다.

(Lv. 10을 초과하여 올릴 수 없습니다.)

이안은 메시지를 확인하자마자, 재빨리 상태 창을 열어 스텟들을 확인해 보았다.

이안

초월 레벨 : 1(0/200(0퍼센트))

차원 계급 : 없음

종족 : 인간

직업 : 소환술사(테이밍 마스터)

칭호 : 여의주의 주인(신화)

명성 : 35,975,250(명성이 0 이하로 떨어지면 악명으로 변환됩니다.)

전투 능력

생명력 : 96,250(+93,200)

힘 : 625(+250)   **민첩** : 815(+310)

지능 : 448(+170)   **체력** : 495(+225)

*지상계에서 얻은 모든 장비의 능력치는 10분의 1로 감소되어 적용됩니다.

⋯⋯후략⋯⋯

그리고 상태 창을 빠르게 읽어 내려간 이안의 두 눈은, 종전보다 살짝 확대되어 있었다.

'뭐야? 능력치가 왜 이래?'

아이템으로 인해 올라간 수치를 제외한다면 거의 10~20 레벨 유저 수준의 능력치로 모든 전투 능력들이 낮아져 있던 것이다.

게다가 아이템의 성능마저 10분의 1로 적용되다 보니, 상태

창에 보이는 능력치는 완벽히 초보자 수준이 되어 있었다.

이안은 당황하여 재빨리 주변을 둘러보았고, 다들 비슷한 반응을 보이고 있었다.

"뭐, 뭐야? 능력치가 다 초기화됐어!"

"헐……. 능력치뿐만이 아니에요! 스킬 레벨도 전부 1레벨로 변했다고요!"

"뭐지? 난 소환수들도 전부 1레벨로 초기화됐어!"

"장비들은 또 왜 이래? 내 갑옷 방어력이 이상해졌어!"

그야말로 혼돈의 도가니였다.

이안은 그 속에서 침착하게 현재 상황을 파악하기 시작했다.

'지상계에서 올릴 수 있는 최대 레벨은 500레벨인 게 분명해. 방금 등장한 초월 레벨이라는 것은 중간계 콘텐츠를 통해 올릴 수 있는 레벨인 것 같고. 그렇다면 리치 킹, 저 녀석의 레벨도 초월 레벨로 바뀌어 있겠지?'

이안의 시선이 리치 킹의 머리 위를 향했다.

그리고 리치 킹의 머리 위에는 이안의 예상대로 새로 적용된 레벨이 떠올라 있었다.

-리치 킹 샬리언 : Lv.20(초월)

"역시……!"

결계를 펼치기 전.

리치 킹은 '지상계의 힘'이라는 단어를 언급했었다.

마치 본인은 그 이상의 어떤 힘을 가지고 있다는 듯 말이다.

그리고 지금 리치 킹의 머리 위에 떠올라 있는 '20'이라는 초월 레벨이 바로 그 힘을 의미하는 것 같았다.

'20레벨이 어느 정도인지 짐작이 안 되네. 장비로 커버하는 게 불가능한 차이려나?'

초월 레벨이 상승할 때 어느 정도의 스텟이 오르는지 알 수 없다.

만약 일반 레벨 업과 비슷한 수준이라면 20레벨 정도의 차이는 장비 옵션으로 충분히 커버될 것이었다.

하지만 초월 1레벨에 기본적으로 주어지는 스텟 자체가 일반 1레벨의 10배가 넘는 수준이었기 때문에 그럴 가능성은 없을 것 같았다.

'샬리언 녀석이 자신만만해할 만하네.'

의기양양한 표정으로, 자신의 스컬 완드를 높이 치켜든 샬리언.

샬리언의 입에서 쩌렁쩌렁한 사자후가 터져 나왔다.

"크하하하핫, 네놈들 전부를 모조리 망자로 만들어 친히 나의 종으로 거둬 주겠노라!"

그러곤 샬리언의 완드에서 강력한 어둠의 마력탄이 뿜어져 나왔다.

그리고 당황한 탓에 그것을 미처 피하지 못한 원정대원 하나가 그대로 게임아웃당하고 말았다.

"크허어억!"

"헉, 로칸 님!"

"미친! 한 방이야?"

무척이나 간단해 보이는 공격 마법 한 방에, 생명력이 가득 차 있던 유저 하나가 게임아웃되어 버린 것이다.

심지어 그 유저의 클래스는 모든 직업군 중 가장 탱킹 능력이 좋은 기사 클래스였다.

당황하는 원정대 유저들을 본 리치 킹이 킬킬대며 웃기 시작했다.

"크큭, 크크큭! 어리석은 인간들이여, 이제야 상황 파악이 좀 되시는가?"

쿠오오오─!

가늘고 긴 열 손가락을 허공을 향해 쫙 펼쳐 든 샬리언은 또 다른 어둠의 주문을 외기 시작했다.

─죽은 자들의 왕. 나의 이름으로 명하노니……!

그러자 그의 열 손가락에서부터, 마치 전류를 연상케 하는 보랏빛의 빛줄기들이 갈래갈래 뿜어져 나왔다.

그리고 그것을 확인한 유저들은, 더욱 우왕좌왕했다.

"원딜러들 뭐해! 캐스팅 좀 끊어 봐!"

"블랙실드 때문에 딜이 안 들어가!"

"뚫릴 때까지 퍼부어야지!"

"실드에 딜이 한 자리 수로 박히는데 무슨 수로 뚫어?"

"저거 광역기인 것 같아요! 후방으로 일단 빠져야……!"

"마법사들, 사제들, 광역 실드 좀 겹겹이 쌓아 보라고!"

"소용없어! 저거 채널링 스킬인 것 같아!"

간단한 마력탄 한 방에 랭커 기사 유저가 다운되어 버렸으니, 지금 샬리언이 캐스팅하기 시작한 광역기의 위력은 보지 않아도 짐작이 될 수준이었다.

유저들에게 선택지는 어떻게든 공격 범위 바깥으로 빠져나가는 것밖에 없는 것이다.

샤크란이 침음성을 흘리며 이안을 향해 말했다.

"크흐음, 이제 어쩔 거냐, 꼬맹아? 이대로 가만히 있다가는 전멸을 면치 못할 거다."

어지간해서는 표정에 변화가 없는 샤크란조차도 평정심을 유지하기가 힘든, 급박하기 그지없는 위기의 상황.

그런데 어쩐 일인지 이안의 표정은 평온, 그 자체였다.

"전멸요? 전멸을 왜 해요?"

"음?"

태연자약한 이안의 대꾸에 할 말이 없어진 샤크란은 멀뚱한 표정으로 두 눈을 꿈뻑이고 있었고, 그에 이안은 한쪽 입꼬리를 말아 올리며 짧게 대꾸했다.

"나만 믿어요. 나만."

샤크란이 어이없는 표정으로 다시 입을 열었다.

"대체 뭘 믿고 태평한 거냐? 설마 피닉스를 믿고 그러는 건 아니겠지?"

사실 샤크란도 이번 광역기에 전멸당할 것이라는 생각을 하는 것은 아니었다.

최상위 랭커들 중에는 특별한 스킬을 보유하고 있는 이들이 많았고, 그들의 고유 능력들을 잘 활용한다면 이 한두 번의 공격은 어찌 막아 낼 수 있을 것 같았으니까.

당장 이안의 소환수인 '뉙'의 고유 능력만 활용하더라도 어느 정도 대처가 되는 것이다.

다만 이번을 막아 낸다 하더라도, 그 다음이 문제였다.

녀석은 무식하리만치 강력한 공격을 계속해서 쏟아낼 것이었고, 두 번 세 번 막은 뒤에는 더 이상 답이 없을 테니 말이다.

이안은 그에 대한 대답 대신, 씨익 웃어 보이며 지면을 박차고 도약했다.

타탓-!

이어서 핀의 등에 오른 이안이 큰 소리로 오더를 내렸다.

"원정대 전원, 최대한 안쪽으로 모이세요!"

그리고 자신감이 철철 넘치는 목소리로 오더하는 이안을 보며, 유저들은 정신을 차리기 시작했다.

"이안 님이다!"

"역시, 뭔가 방법이 있으신 거야!"

"서둘러! 빨리 오더를 따르라고!"

이안이 어떤 전략을 사용하려 하는지는 알 수 없었지만, 그런 것은 상관없었다.

적어도 여기 있는 원정대 유저들에게만큼은 이안의 오더가 거의 종교 수준이기 때문이었다.

불가능을 가능으로 만들어 내는 그런 기적과도 같은 힘 말이다.

그리고 잠시 후, 어둠 마법의 캐스팅이 끝난 것인지 샬리언이 다시 포효하기 시작했다.

"크하하핫, 전부 다 망령으로 만들어 주마!"

콰아아아-!

샬리언의 손에서 뻗어 나온 보랏빛의 빛줄기들이, 순식간에 던전 전체로 퍼져 나가며 허공을 시퍼렇게 수놓았다.

그리고 그 순간, 샤크란이 예상했던 것처럼 닉의 고유 능력이 발동되었다.

-소환수 '닉'의 고유 능력 '태양신의 비호'가 발동됩니다.

-소환수 '닉'의 생명력이 초당 30퍼센트만큼씩 회복됩니다.

우우우웅-!

허공을 가득 채우는 웅장한 공명음과 함께 어둠의 전류다발을 집어삼키는 황금빛의 광채.

하지만 3초의 지속 시간이 전부 지나가자, 황금빛 광채는 흐릿해지기 시작했다.

그에 반해 리치 킹이 쏘아 내는 어둠의 전류 다발은 계속해서 뿜어져 나오고 있었다.

상황을 정확하게 파악한 샤크란이 날카로운 눈빛으로 이
안의 움직임을 지켜보았다.

'자, 이제 어쩔 거냐, 꼬마? 네놈이 이 정도도 예상치 못했
을 거라고는 생각지 않는다.'

이제 피하는 것은 늦었다.

만약 이번 광역 공격을 피해 가려 했더라면, 닉의 '태양신
의 비호'가 발동되는 사이 진영을 뒤로 뺐어야만 했다.

어차피 '던전'이라는 한정된 공간의 안에 갇혀 있기 때문에
리치 킹으로부터 도주할 방법이 있는 것은 아니었지만, 최소
한 시간은 벌 수 있었을 것이다.

그러나 샤크란을 비롯한 원정대의 유저들은 이안의 오더
에 모든 것을 맡겼다.

이 선택으로 인해 모두가 전멸한다 할지라도 아무도 이안
을 원망하지는 않을 것이었다.

'어차피 저 꼬마 녀석이 아니었더라면 여기까지 올 수조차
없었을 테니까.'

'태양신의 가호' 효과가 벗겨지며, 금빛 광채가 가득 차 있
던 자리에 어둠의 기운이 쏟아져 들어왔다.

이제 저 어둠이 공간을 잠식하는 순간, 원정대 모두가 사
망하게 될 것이었다.

그리고 지금 이 순간, 모든 원정대 유저들의 시선이 이안

의 손끝을 향해 있었다.

"제발……!"

안타까움이 뚝뚝 묻어나는 누군가의 목소리가 허공에 울려 퍼졌고, 곧이어 거대한 어둠의 전류가 원정대 전체를 뒤덮었다.

콰아아아—!

마치 레이드 공략 실패를 알리는 듯한 거대한 폭발음.

그런데 바로 그때, 유저들은 뭔가 이상한 것을 느낄 수 있었다.

"어?"

"뭐지? 딜이 안 들어오잖아?"

허공을 가득 덮은 어둠의 전류들이 어떤 투명한 막에 가로막혀 그 자리에서 소멸하고 있었던 것이다.

그리고 잠시 후.

캬아아아오!

던전 한복판에서 난데없이 거대한 드래곤의 울음소리가 울려 퍼졌다.

당연하겠지만 원정대 유저들의 시선은 일제히 소리가 난 곳을 향해 모아졌다.

"……!"

던전의 허공에 날개를 펼친 채 사나운 눈빛으로 리치 킹을 내려다보고 있는 거대한 드래곤.

그곳에는 한 마리 어둠의 신룡이 포효하고 있었다.

-어둠의 신룡 루가릭스 : Lv. 45(초월)

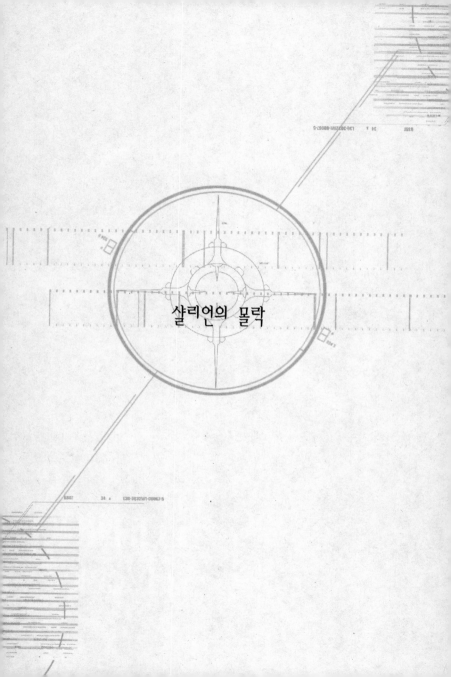

샬리언의 몰락

Taming
Master

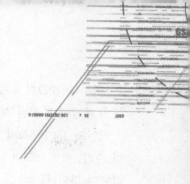

　'리치 킹 샬리언' 에피소드는, 최소 1년 정도는 울궈먹을 계획으로 만들어진 콘텐츠였다.

　더해서 실무진인 개발자들조차도 아무리 빨라도 클리어까지 9~10개월을 예상하며 개발한 콘텐츠이기도 했다.

　그리고 그것은, 카일란 개발 팀의 책임 PD중 한 명인 양광진 또한 마찬가지였다.

　"결국 한 큐에 끝내 버리는 건가? 괴물 같은 이안 놈."

　개발 팀 작업실 안쪽에 설치되어 있는 작은 TV 화면을 슬쩍 응시한 양광진이 고개를 절레절레 저으며 중얼거렸다.

　화면 안에는 거대한 어둠의 신룡이 포효하고 있었다.

　-캬아아오오!

사실 책임PD이자 수석 개발자인 양광진은 이미 다음 콘텐츠 개발에 투입된 지 오래였다.

이안과 루가릭스의 친밀도가 최대치까지 오른 것을 확인한 순간, 에피소드의 클리어가 머지않았음을 기획 팀에서 직감했던 것이다.

그러나 그것과 별개로 이러한 전개는 정말이지 기획 팀과 개발 팀을 통틀어 그 누구도 예상하지 못했던 것이었다.

'최후의 보루가 이렇게 쉽게 파훼될 줄은 생각조차 못했었지……'

양광진이 말하는 '최후의 보루'란, 바로 샬리언의 결계를 뜻하는 것이었다.

던전의 차원 타입을 일시적으로 '중간계'로 바꾸는 차원왜곡의 결계.

이 결계로 인해 생기는 차이는 사실 '컨트롤'과 같은 게임 실력의 개념으로 극복할 수 있는 것이 아니었고, 그렇기 때문에 자신 있게 '최소 10개월'이라는 말을 할 수 있었던 것이다.

유저들이 샬리언의 결계를 극복할 수 있는 방법은 두 가지가 있었다.

첫 번째는 바로 정면 돌파.

유저들이 에피소드를 공략하기에 앞서 중간계 콘텐츠를 어느 정도 진행하여, 초월 레벨을 샬리언과 대등한 수준까지 올리는 것이다.

그리고 이 수준까지 유저들이 성장하기 위해서는, 1년이라는 시간도 한참 부족했다.

때문에 사실상 큰 의미 없는 방법이라 할 수 있었다.

이어서 두 번째 방법은 '초월적인 존재'를 결계 안으로 데리고 들어가는 것.

이것이 사실상 리치 킹 에피소드를 클리어하기 위한 열쇠라고 할 수 있었다.

샬리언과 적대적 관계에 있는 초월적인 존재를 결계 안으로 끌어들여서, 그로 하여금 샬리언을 상대하게끔 하는 것이다.

지금 이안이 루가릭스를 데려온 것처럼 말이다.

'루가릭스 퀘스트를 찾아내고 클리어한 것까지야 그렇다고 쳐. 친밀도를 올리는 것도 분명히 쉽게 만들어 놓지는 않았었는데…….'

이안은 그야말로 특수한 케이스였다.

어둠의 신룡과 관련된 퀘스트를 하고 있던던 '훈이'가 곁에 있었으며, 본인이 진행 중이던 메인 퀘스트까지 그 안에 정확히 맞아떨어졌다.

거기에 루가릭스와의 친밀도를 빠르게 올릴 수 있는 유일한 방법인 '빛의 신룡 엘카릭스'까지 테이밍하였으니.

당초 예상했던 10개월이라는 시간이 절반 가까이 줄어들

수 있었던 것이다.

이것은 운도 운이지만, 실력과 에피소드에 대한 이해도가 뒷받침되지 않았더라면 절대로 완성될 수 없는 결과였다.

개발자인 양광진이 볼 때, 이안은 거의 게임을 하기 위해 태어난 존재였다.

"에휴, 쓸데없는 생각 그만하고 일이나 어서 해야겠다. 이번에 이렇게 통수를 맞았으니, 다음 콘텐츠만큼은 기획 팀에서 좀 하드코어하게 짜겠지."

한차례 입맛을 다신 양광진은 다시 본인의 모니터에 집중하기 시작했다.

투덜거릴 시간에 코드 한 줄이라도 더 짜 놓는 것이 빠른 퇴근의 지름길인 것을 잘 알기 때문이었다.

-한낱 피조물 주제에 어찌 감히 신들의 위계를 어지럽히려 하는가!

루가릭스의 커다란 입이 쩍 하고 벌어지며, 시커먼 기운이 허공으로 쏘아져 나갔다.

콰쾅- 콰콰쾅-!

범위가 그리 넓지는 않았지만, 파괴력만큼은 결코 드래곤 브레스에 못지않은 강렬한 어둠의 마력탄.

블링크를 사용해 그것을 가까스로 피해 낸 샬리언이, 떨리는 목소리로 입을 열었다.

"네, 네놈은 루가릭스? 어찌 네놈이 이곳에…….."

물론 샬리언이 어둠의 결계를 펼치기 전에도 루가릭스는 전장에서 활약하고 있었다.

다만 본체로 현신하지 않고 인간의 몸을 한 채로 이안을 돕고 있었을 뿐.

그랬기에 샬리언이 루가릭스의 존재를 알아채지 못했던 것이다.

그렇다면 루가릭스는 어째서 폴리모프한 상태로 전투를 돕고 있었을까?

그것은 생각보다 단순한 이유였다.

본체의 상태로 물리적인 공격을 행사하는 것보다, 인간인 상태에서 각종 어둠 마법을 구사하는 것이 전투에 더욱 도움 되었기 때문이었다.

물론 드래곤의 몸으로도 마법을 사용할 수 있기는 하지만, 인간의 몸이 마법 캐스팅에 훨씬 유리하다.

상식적으로 거대한 몸체를 가진 드래곤이 작은 몸집을 가진 인간에 비해 마법을 캐스팅하는 동안 방해받기 훨씬 쉬웠으니 말이다.

하지만 이제는 아니었다.

샬리언의 결계 덕분에 중간계의 힘을 사용할 수 있게 된 이상…….

─어둠이여, 타올라라!

화르륵─!

드래곤만의 전유물이자 최고 티어의 초월 능력 중 하나인 '용언龍言 마법'을 사용할 수 있게 되었으니까.

"크아아악!"

강력한 어둠의 불길에 휩싸인 샬리언이 고통에 찬 비명을 질렀다.

죽은 자들의 왕인 샬리언은 고통에 둔감한 편이었지만, 자신의 근원이라 할 수 있는 '어둠' 그 자체가 타오르자 견딜 수 없었던 탓이었다.

그리고 그것을 본 원정대의 유저들은 그저 멍한 표정으로 지켜볼 뿐이었다.

"와……."

"대박……."

그중에서도 특히 마법사 유저들의 경우 놀람의 정도가 더욱 심각했다.

루가릭스가 보여 주는 마법이 너무도 엄청났기 때문이었다.

"미친, 저건 사기야……."

"이건 거의 치트키라도 친 수준인데?"

용언 마법이란, 쉽게 말해 '클래스'라는 기본적인 개념을 초월한 마법의 형태였다.

'마법의 일족'인 드래곤이 원소 그 자체와 교감하여 발동시키는 마법이었으니 말이다.

때문에 유저들이 구사하는 마법들과는 아예 궤를 달리하는 위력을 발휘할 수밖에 없었다.

게다가 초월적인 존재가 되는 순간…….

마법의 일족

드래곤은 태생이 '마법의 일족'이다.
완전체가 된 드래곤은 지능 능력치에 비례해 더욱 고위 마법을 사용할 수 있게 되며, 스킬북을 통해 새로운 마법을 습득할 수도 있다.
(단, 마법사 클래스 유저가 사용하는 스킬보다는 그 위력이 떨어진다.)

이 '마법의 일족' 특성에 부여되어 있던 페널티조차도, 완벽하게 사라지게 된다.

인간들이 만들어 낸 '인간에게 맞춰진 마법'을 사용하는 것이 아니라 드래곤의 마법을 사용하는 것이니 말이다.

그러니 루가릭스가 구사하는 공격 마법들의 위력이 더욱 강력해 보이는 것이다.

하지만 그러한 사실과는 별개로 마법사 유저들이 경악하게 된 가장 큰 이유가 용언 마법의 강력한 위력에서 비롯된 것은 아니었다.

더 강력한 위력의 마법이야 상위 콘텐츠로 넘어가면서 당연히 나올 수밖에 없는 것이었으니 말이다.

다만 그들이 당황한 것은 용언 마법만의 '특별한 권능' 때문이었다.

그 권능이란 바로…….

"어떻게 마법을 캐스팅 없이 쓸 수가 있지?"

마법사들에게 꼬리표처럼 따라다니는 약점이라 할 수 있는, '캐스팅 시간'이라는 것이 용언 마법에는 존재하지 않았던 것이다.

물론 캐스팅 시간 감소 아이템으로 도배한 랭커 마법사가 최하위 클래스의 마법을 사용한다면, 거의 의미 없을 정도로 캐스팅 시간이 짧아질 수는 있다.

하지만 짧은 것과 없는 것의 차이는 정말 어마어마하다고 할 수 있었다.

지금 용언 마법을 구사하는 루가릭스는 샬리언을 향해 한 번에 서너 가지의 공격 마법을 동시에 퍼붓고 있었으니까.

-하찮은 권능을 믿고 이런 짓을 벌이다니…….

루가릭스의 용언이 발동할 때마다 샬리언의 입에서는 고통에 찬 비명이 새어 나왔다.

-탈혼脫魂!

"크아악, 안 돼!"

-용신 세카이토 님의 이름으로, 네놈을 벌하노라!

이것은 마치 어린아이와 어른의 싸움을 보는 것 같은 상황이었다.

레이드 보스 몬스터인 샬리언의 생명력이 비정상적으로 높은 탓에 오랜 시간 버티고 있는 것뿐.

샬리언과 루가릭스의 전투는 '전투'라는 단어를 가져다 대기조차 민망할 지경이었다.

샬리언이 쓰는 모든 어둠 마법은 루가릭스의 손짓 한 번에 흩어져 버렸으며, 루가릭스의 용언 마법이 한 번 터질 때마다 샬리언의 생명력 게이지가 뭉텅이로 떨어져 나갔다.

그리고 이것은 이안을 포함해 유저들 중 누구도 모르는 사실이었지만, 샬리언이 이렇게 극단적으로 당하는 데는 한 가지 이유가 더 있었다.

그것은 바로 상성.

사실 루가릭스야말로 샬리언의 완벽한 천적이었던 것이다.

용언 마법은 낮은 티어인 같은 계열의 마법에 한해 전부 무력화시킬 수 있는 특성을 갖는데, 샬리언의 속성이 안타깝게도 어둠이었다.

초월 레벨이 두 배 이상 차이나는 데다 상성마저 지독하게 나빴으니 샬리언이 탈탈 털리는 것은 당연한 수순이었던 것이다.

다른 유저들과 다를 바 없이 그 모습을 멍하니 지켜보던 이안이 문득 파티 시스템 메시지를 열어 보았다.

전투에 방해가 되기 때문에 평소에는 어지간해서 오픈하

지 않지만, 구경꾼(?)인 지금의 상황에서는 꿀 같은 옵션이 었다.

─어둠의 신룡 '루가릭스'가 리치 킹 '샬리언'에게 치명적인 피해를 입혔습니다!

─샬리언의 생명력이 143,265만큼 감소합니다!

─샬리언의 생명력이 178,273만큼 감소합니다!

루가릭스의 마법이 발동될 때마다, 연달아 쏟아져 나오는 수많은 시스템 메시지들.

그것들을 자세히 확인하고 난 뒤 이안은 흥미로운 표정이 되었다.

'초월 레벨이 적용된 상태에서도 40레벨대가 되면 1십만 단위의 대미지가 박히네?'

이안은 이 와중에도, 루가릭스의 마법 공격력을 분석하기 시작했다.

초월 레벨 45인 루가릭스의 대미지를 분석하면, 초월 레벨 1레벨이 오를 때마다 스텟이 얼마나 상승할지를 가늠해 볼 수 있기 때문이었다.

물론 이안이기에 떠올릴 수 있는 발상이기는 하지만 말이다.

'크, 초월 레벨이 100레벨이 되면, 인간계에서 500레벨 찍은 것보다도 훨씬 강력한 대미지가 찍히겠군. 역시 숫자가 높아야 타격감도 살아나는 법이지.'

속으로 이런저런 생각을 하며 실실 웃고 있는 이안.

그리고 이안이 실없는 생각을 하는 사이, 루가릭스와 샬리언의 전투 또한 막바지로 치닫고 있었다.

"크아아아아, 허망하도다! 루가릭스, 네놈만 아니었으면……."

ㅡ그러한 가정은 의미 없다, 샬리언. 차원의 율법을 어긴 이상 어차피 네놈은 신의 심판을 받았을 테니까.

루가릭스의 말이 끝나자마자, 샬리언의 주변으로 보랏빛의 기운이 꿈틀대기 시작했다.

이어서 그 보랏빛 기운들은, 사슬 형태로 변하여 샬리언의 전신을 휘감았다.

"끄윽ㅡ 끄으윽ㅡ!"

보랏빛의 사슬에 전신이 속박당한 채, 고통에 찬 신음성을 흘리는 샬리언.

그리고 그런 샬리언을 향해, 루가릭스가 커다란 입을 쩍 벌렸다.

ㅡ이제 그만, 무無로 돌아가거라.

'팔카치오 왕성' 던전의 내부를 온통 뒤덮고 있던, 거대한 어둠의 기운들이 루가릭스의 입을 향해 빨려 들어갔다.

마치 모든 것을 빨아들이는 블랙홀을 연상하게 할 정도로, 웅장하기 그지없는 광경.

루가릭스의 입에 모인 시커먼 기운들은 점점 보랏빛으로

물들기 시작했고, 하나의 구체로 응집된 그 덩어리는 시간이
갈수록 더 커져 갔다.

고오오오-!

던전 전체가 진동할 정도로 커다랗게 울리는 강렬한 공
명음.

이어서 루가릭스의 숨결이 속박된 샬리언을 향해 뻗어 나
갔다.

루스펠 제국과 카이몬 제국.

양대 거대 제국의 대립 구도로 만들어져 있던 과거 콜로나
르 대륙의 경우, 각 제국의 수도에서 멀어질수록 사냥터의
난이도가 높아지는 형태로 맵이 만들어져 있었다.

그럴 수밖에 없는 것이 처음 유저들이 나라를 선택하고 캐
릭터를 생성하면, 두 제국 중 하나의 수도에서 게임이 시작
되기 때문이었다.

하지만 카일란의 '춘추전국시대'라고 불리는 제국 전쟁 에
피소드 엔딩 이후로는, 콜로나르 대륙의 몬스터 분포 구조
자체가 완전히 바뀌어 버렸다.

원래 두 개의 거대한 중심지를 기준으로 멀어질수록 난이
도가 높아지는 형태였다면, 그 중심지가 수없이 많아지면서

다핵화된 것이다.

일정 규모 이상의 모든 왕국을 국적으로 캐릭터 생성이 가능해지면서, 수십 곳이 넘는 스타팅 포인트가 생기게 된 것이었다.

심지어 로터스 왕국과 같이 인기가 많은 몇몇 왕국의 경우, 두 개의 스타팅 포인트를 갖는 경우도 있었다.

한 개의 도시에서 신규 유저들을 전부 수용할 수 없기 때문이다.

왕국의 수도인 로터스 영지와, 가장 번화한 도시인 파이로 영지.

이 두 곳이 바로 로터스 왕국을 국적으로 택할 시 선택할 수 있게 되는 스타팅 포인트였다.

그리고 그중에서도 파이로 영지는, 카일란 한국 서버에서 가장 핫한 스타팅 포인트라 할 수 있었다.

파이로 영지에서 스타트하기 위해 캐릭터 생성 대기를 걸어 놓는 인원이 수천 명 있을 정도였으니 말이다.

한국에서 가장 핫한 여배우 중 하나인 유민.

그녀 또한 그 수많은 대기자들 중 하나였다.

띠링.

-'유민' 님, 수용 인원 초과로 인해 로터스 왕국의 '파이로' 영지에 캐릭터를 생성하실 수 없습니다. (185,000/185,000)

-다른 영지를 다시 선택하시겠습니까? (Y/N)

-다른 영지를 다시 선택하실 시 캐릭터 생성 대기 순번이 초기화됩니다.

　-현재 '유민' 님의 대기 순번 : 972

　스케줄이 끝나고 설레는 마음으로 캡슐에 앉았던 유민은, 시스템 메시지를 확인하고는 시무룩한 표정이 되어 캡슐 바깥으로 나왔다.

　그리고 매니저이자 절친한 언니인 이예진에게 입술을 삐죽이며 투덜거렸다.

　"예진 언니, 오늘은 대기 풀릴 거라며!"

　"어? 아직도 대기 걸려 있어? 지금 순번 몇인데?"

　"몰라. 900 정도였나? 정확히 안 읽어 봤어."

　"그, 그래? 히잉, 오늘은 게임 할 수 있을 줄 알았는데."

　유민의 말에 덩달아 시무룩해진 예진이 옆에 있는 자신의 캡슐을 오픈했다.

　그러자 유민이 고개를 절레절레 저으며 핀잔을 주었다.

　"아직 대기 걸려 있다니까, 뭐 하러 캡슐은 열어?"

　"민아, 그냥 다른 영지에서 시작하는 건 어때? 벌써 일주일째 게임도 못 하고 있잖아."

　"그, 그건 안 돼!"

　"왜?"

　"이안갓의 영지가 아니면 이 게임 아예 시작하지도 않을 거라구."

"하, 넌 연예인이라는 애가 무슨 게이머 덕질을 하고 앉았냐?"

"아무튼 안 돼. 일주일을 더 기다려서라도 난 무조건 파이로 영지에서 시작할 거니까."

"어휴."

고개를 절레절레 저은 예진이, 자신의 캡슐 안으로 들어가 앉았다.

그러자 유민이 화들짝 놀라며 다시 입을 열었다.

"언니, 혼자 다른 곳에서 시작하려는 거야 설마?"

"에이, 그럴 리 있겠어?"

"그럼 캡슐에는 왜 들어가는 건데?"

"순번이나 정확히 확인해 보려고 그런다. 우리 배우님 보필하려면 그 정돈 해 줘야지."

눈을 찡긋 하며 대답하는 예진이었다.

그리고 그 말을 들은 유민의 표정이 눈에 띄게 밝아졌다.

"헤헤, 역시 언니가 최고야!"

위이잉- 척-!

이어서 예진이 캡슐 안에 완전히 몸을 눕히자, 캡슐의 뚜껑이 자동으로 닫히며 게임이 가동되기 시작했다.

한류스타인 예진이 억 단위의 돈을 들여 가며 주문한 캡슐이었기 때문에, 사실상 별 쓸모없는 외관 디자인조차도 무척이나 훌륭한 모양새였다.

그리고 그 옆에 선 예진은 배시시 웃으며 캡슐을 쓰다듬고 있었다.

"히히, 빨리 게임하고 싶다. 열심히 게임해서 나도 언젠간 로터스 길드에 들어가야지!"

아직 캐릭터 생성조차 하지 않았음에도, 원대한 꿈을 품고 있는 한류스타 유민이었다.

그런데 잠시 후, 그녀는 뭔가 이상하다는 것을 느끼기 시작했다.

"뭐야, 이 언니? 대기 순번 확인하는데 뭐 이리 오래 걸리는 거야?"

대기 순번을 확인하겠다며 캡슐로 들어갔던 예진이 몇 분이 지났음에도 불구하고 캡슐 밖으로 나올 생각을 하지 않고 있었던 것이다.

그리고 그 순간 유민의 머릿속에 불길한 가정이 떠올랐다.

'호, 혹시! 그 사이에 대기 순번이 풀려서 혼자 먼저 게임 시작한 건 아니겠지?'

생각이 여기까지 미친 유민은 서둘러 옆에 있는 자신의 캡슐에 들어가 앉았다.

상식적으로 1천 명에 가까운 대기 순번이 그 사이에 돌아왔을 리는 없었지만, 그렇다고 직감을 무시할 수는 없었으니 말이다.

위이잉-!

잠시 후 캡슐이 작동하기 시작했고, 유민의 눈앞에 익숙한 시스템 메시지들이 떠올랐다.

-카일란의 세계에 오신 것을 환영합니다. '유민' 님.

-로터스 왕국, '파이로' 영지의 영지 레벨이 상승하였습니다.

-영지의 최대 수용 인원이 증가하여, 지금 바로 캐릭터를 생성하실 수 있습니다.

-캐릭터를 생성하시겠습니까?

그리고 메시지를 확인한 유민의 두 눈이, 휘둥그레졌음은 물론이었다.

-죽은 자들의 왕 '리치 킹 샬리언'이 사망하였습니다.

-리치 킹 샬리언이 인간 영웅들에 의해 처치되었습니다.

-'리치 킹 샬리언' 에피소드가 클리어되었습니다.

-에피소드 공헌도 순위가 산정됩니다.

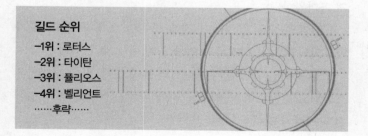

길드 순위

-1위 : 로터스

-2위 : 타이탄

-3위 : 퓰리오스

-4위 : 벨리언트

……후략……

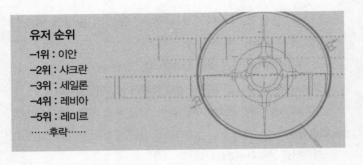

-유저 '이안'에게 '어둠을 지배한 자(신화)' 칭호가 주어집니다.

-유저 '샤크란'에게 '어둠을 거역한 자(전설)' 칭호가 주어집니다.

-유저 '세일론'에게 '어둠을 거역한 자(전설)' 칭호가 주어집니다.

······중략······

-로터스 왕국의 성장 경험치가 1,500만 만큼 부여됩니다.

-타이탄 왕국의 성장 경험치가 1,300만 만큼 부여됩니다.

······후략······

카일란에 접속 중이던 모든 인간계 유저들의 채팅 창에 보 랏빛으로 하얗게 빛나는 '월드 메시지'들이 쉴 새 없이 쏟아 져 올라왔다.

인간계의 모든 유저들이 진행 중이던 초대형 에피소드가 마무리되었으니, 이것은 당연한 일이 아닐 수 없었다.

초월 능력을 각성한 루가릭스의 브레스 한 방에 샬리언은 소멸되고 말았으며, 샬리언의 손에 펼쳐진 어둠의 결계 또한 점차 사라져 갔다.

샬리언을 만나기까지 수많은 난관이 있었던 것에 비해, 어쩌면 너무 허무하다고 생각할 수 있는 결말이었다.

실제로 많은 유저들이 그리 생각하고 있었지만, 이안만큼은 그렇게 생각할 수 없었다.

이 모든 상황을 정확히 이해하고 있는 유일한 유저가 바로 이안이었기 때문이다.

'루가릭스 없이는 샬리언을 상대할 수 없다는 얘기가 바로 이거였군.'

샬리언과 루가릭스의 전투는 너무하다 싶을 정도로 허무했지만, 루가릭스가 여기 있을 수 있었던 이유는 결코 간단하지 않았으니 말이다.

샬리언이 흑염黑炎 속에 타들어 가는 광경을 지켜보며, 이안의 머릿속은 더욱 복잡해져 갔다.

'샬리언을 잡았으니, 중간계 콘텐츠가 하나둘 모습을 드러내겠지. 중간계 콘텐츠를 선점하려면 머리를 잘 굴려야 할 텐데……'

하지만 그것도 잠시.

월드 메시지에 이어 개인 시스템 메시지가 떠오르자 이안은 헤벌쭉한 표정이 될 수밖에 없었다.

이안의 눈앞에, 끝도 없는 개인 보상 목록이 나열되기 시작했기 때문이었다.

띠링-!

-'리치 킹 샬리언' 에피소드에서 최고의 공헌도를 달성하셨습니다!

-명성치가 100만 만큼 증가합니다.

-에피소드 공헌도를 500만 만큼 추가로 획득합니다(에피소드가 종료된 뒤에도, 공헌도 상점에서 아이템이나 골드로 교환이 가능합니다).

-경험치를 198,742,500만큼 획득하였습니다.

-레벨이 상승하였습니다.

-레벨이 '403'이 되었습니다.

-'리치 킹의 크리스탈 버클' 아이템을 획득하였습니다.

-'죽음의 부적' 아이템을 획득하셨습니다.

……중략……

-'용사의 마을'에 입장하기 위한 첫 번째 조건이 충족되었습니다.

-초월 경험치가 245만큼 증가하였습니다.

-초월 레벨이 상승합니다.

-초월 레벨이 '2'가 되었습니다.

인간계 전체가 참여하는 대형 에피소드의 최고 공헌자답게, 어마어마한 보상이 쏟아져 들어오는 이안의 상태 메시지 창.

이안은 실실 웃으며 떠오르는 메시지들을 하나하나 살펴보았고, 무척이나 만족스러운 표정이 되었다.

방금 이안에게 들어온 보상만 하더라도 돈으로 환산하기 힘들 정도로 어마어마한 수준이었기 때문이다.

계속해서 시스템 메시지들을 읽어 내려가던 이안의 두 눈이, 어느 한곳에서 고정되어 반짝이기 시작했다.

'역시…… 찾았다!'

막대한 보상에 흡족해하는 한편, 시스템 메시지 속에서 찾고 있었던 명계에 관한 단서를 발견했기 때문이었다.

-'명왕의 목걸이 파편(C)(봉인)' 아이템을 획득하였습니다.

'카카의 말에 의하면, 명왕의 목걸이 파편은 총 세 개라고 했었지.'

명계로 가는 길목을 지킨다는, 명계의 수문장 명왕.

그를 소환할 수 있게 해 주는 명왕의 목걸이 조각이 전부 이안의 손에 들어오게 된 것이다.

인벤토리를 열어 목걸이 파편을 확인한 이안의 입꼬리가 슬쩍 말려 올라갔다.

A, B, C 세 개의 목걸이 조각이 한데 모인 채, 하얗게 빛나고 있었기 때문이다.

이제 파편들을 전부 꺼내어 봉인을 해제한다면, 아마 명계로 가는 길이 열릴 것이었다.

'이제 내가 공략 가능한 중간계는 명계와 정령계. 더해서 용천까지. 이 세 곳인가?'

이안은 머릿속으로 앞으로의 계획을 정리하기 시작했다.

지금 진입이 가능한 중간계는 총 세 곳이었으나, 동시에 세 곳을 공략할 수는 없는 노릇이었으니 말이다.

그리고 이안이 가장 먼저 선택한 곳은, 바로 '명계'였다.

'처음 공략해야 할 곳은 어쩔 수 없이 명계가 되겠어. 정령

계부터 먼저 가 보고 싶었지만, 하는 수 없지.'

이안이 명계를 선택할 수밖에 없는 이유는 다른 것이 아니다.

리치 킹을 잡기 위해 샤크란과 했던 거래.

'원정대에 합류한다면 명계 입성을 돕겠다.'는 그 거래를 이행해야 했기 때문이다.

샤크란과 타이탄 길드에게 명계로 가는 길을 열어 주면서, 이안 본인은 다른 중간계로 갈 수는 없는 노릇이니까.

그것이야말로 죽 쒀서 개 주는 격이라 할 수 있는데, 이안이 그것을 용납할 리 없었다.

'명계의 콘텐츠를 최대한 선점해 놓은 뒤에, 정령계를 공략하러 가야겠어. 너무 늦으면 정령왕 아줌마가 슬퍼할 테니까. 베히모스를 얻은 뒤에는 미련 없이 아줌마를 만나러 가야지.'

물의 정령왕 '엘리샤'가 들었다면 부들부들 떨었을 호칭을 속으로 남발한 이안은 히죽히죽 웃으며 고개를 끄덕였다.

대략적으로 계획들이 정리되었기 때문이다.

그리고 이안이 생각에 잠겨 있던 사이 샬리언으로부터 퍼져 나가기 시작한 흑염이 팔카치오성 전체를 뒤덮었다.

어둠에 물들었던 성은 새카만 불길에 잠겨 활활 타올랐고, 종래에는 본래의 모습을 찾을 수 있었다.

백색과 금빛이 어우러져 환하게 빛나는, 아름다운 고대 왕

궁의 모습을 되찾은 것이다.

이어서 마지막으로, 이안의 개인 시스템 창에 몇 줄의 메시지가 추가로 떠올랐다.

띠링-!

-리치 킹 샬리언을 처단하고 인간계의 평화를 수호하셨습니다.

-루스펠 제국의 영웅 '뮤란'과의 약속을 이행하셨습니다.

-영웅의 책임을 다하셨습니다.

-'영웅의 책임(히든)' 퀘스트를 성공적으로 완수하셨습니다.

이안이 근 한 달간 미친 듯이 게임할 수밖에 없었던 바로 그 이유.

'영웅의 책임' 퀘스트를 완수했다는 메시지가 드디어 떠오르기 시작한 것이다.

"크으!"

특히 그 마지막에 반짝이는 한 줄의 메시지는 그 어떤 보상 메시지보다도 이안을 즐겁게 만들어 주었다.

-유니크 듀얼 클래스 '서머너 나이트Summoner Knight'를 획득하셨습니다.

카일란에는 크게 여덟 가지의 직업군이 존재한다.

우선 카일란이 처음 런칭했을 때부터 존재해 왔던 다섯 개의 직업군인, 기사, 전사, 궁사, 마법사, 사제.

또, 업데이트 이후에 새로 생긴 세 개의 직업군인, 소환술사, 암살자, 흑마법사.

그리고 여기까지는 카일란을 조금이라도 플레이해 보았다면 누구나 알고 있고, 알고 있어야만 하는 기초적인 사실이다.

하지만 카일란의 직업 시스템은 콘텐츠가 업데이트됨에 따라 지속적으로 복잡해졌다.

그 시작은 바로 '듀얼 클래스'.

'마계'라는 개념이 처음 생기면서 '반마'가 만들어졌고, 그에 따라 마계의 클래스와 인간의 클래스를 동시에 가질 수 있게 해 주는 시스템인 '듀얼 클래스'가 생겨났던 것이다.

그리고 반년 쯤 후, '퓨전 클래스'라는 개념이 탄생했다.

퓨전 클래스는, 각기 다른 직업군에 속해있는 유저 둘이 맹약을 맺어, 두 직업군이 섞인 느낌의 새로운 클래스를 얻을 수 있게 해 주는 시스템이다.

하지만 많은 유저들이 보편적으로 갖고 있는 듀얼 클래스와는 달리, 퓨전 클래스의 경우 제법 희귀한 편이었다.

퓨전 클래스를 얻기 위한 퀘스트의 난이도도 상당했으며, 퀘스트를 얻는 것조차 쉽지 않았기 때문이다.

이렇듯 업데이트됨에 따라 새로운 콘텐츠들이 추가되어지고 있는 카일란의 직업 시스템.

하지만 그렇다고 해서 아무런 기준 없이 콘텐츠가 추가되고 있는 것은 아니었다.

카일란 직업 시스템이 아무리 추가되어도 결코 변하지 않는 하나의 명제가 있었으니, 그 어떤 클래스도 결국 베이스가 되는 여덟 개의 직업군 안에 속한다는 것이었다.

노멀 클래스는 물론, 모든 티어의 히든 클래스들과 듀얼 클래스, 퓨전 클래스들까지.

결국 이 여덟 가지 직업군의 범주 안에 들어가 있는 것이다.

그렇다면 이안이 이번에 최초로 얻게 된 '유니크 듀얼 클래스'라는 것은 어떤 개념일까?

'아무래도 듀얼이라는 말이 들어가 있으니……. 퓨전 클래스보다는 듀얼 클래스 쪽에 가깝겠지?'

이안은 설레는 마음으로 'N'이라는 글자가 반짝거리고 있는 클래스 정보 창을 오픈해 보았다.

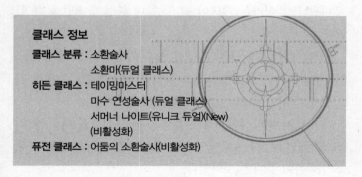

클래스 정보

클래스 분류 : 소환술사
　　　　　　소환마(듀얼 클래스)

히든 클래스 : 테이밍마스터
　　　　　　마수 연성술사 (듀얼 클래스)
　　　　　　서머너 나이트(유니크 듀얼)(New)
　　　　　　(비활성화)

퓨전 클래스 : 어둠의 소환술사(비활성화)

클래스 정보 창 안에 새로 생긴 '유니크 듀얼'이라는 문구.

그리고 그 구조를 보자마자, 이안은 대충 감이 오는 듯했다.

'오호, 히든 클래스 안에 들어가 있는 걸 보니 이게 완전히 새로운 범주의 개념은 아닌가 보네?'

이안은 서머너 나이트라는 클래스에 대해 알아보기 전에, 유니크 듀얼이라는 개념부터 먼저 살펴보기로 했다.

그래야 개념 정립이 더 편할 것 같아서였다.

*유니크 듀얼 : 카일란에서 단 한 사람의 유저만이 얻을 수 있는 고유한 듀얼 클래스입니다.
특수한 조건을 충족하였을 경우에 한해, 히든 클래스를 추가로 가질 수 있게 해 줍니다.
(단, 다른 직업군의 히든 클래스는 얻을 수 없습니다.)

이안은 클래스 정보 창에서 제공하는 설명을 읽자마자 이 '유니크 듀얼'이라는 개념이 뭔지 좀 더 확실히 깨달을 수 있었다.

'아하, 그러니까 난 다른 소환술사 직업군의 히든 클래스인 서머너나이트를, 이 유니크 듀얼이라는 개념을 통해서 덤으로 얻게 된 거로군.'

이안이 유니크 듀얼이라는 개념을 처음 접했을 때 가장 의문스러웠던 부분은 4티어의 히든 클래스와 유니크 듀얼 클래스의 이름이 같다는 것이었다.

뮤란이 원래 주고자 했던 4티어 히든 클래스의 이름도 서머너 나이트인데, 바뀐 퀘스트의 보상이었던 유니크 듀얼 클래스의 이름도 서머너 나이트였기 때문이다.

하지만 이제 그에 대한 의문을 완전히 풀 수 있었다.

'뮤란, 이 아름다운 자식. 어떻게든 나에게 4티어 히든 클래스를 선물해 주고 싶었던 거였구나.'

이안의 입에서 실없는 웃음이 새어 나오기 시작했다.

테이밍 마스터 클래스도 그대로 유지하면서 새로 한 단계 높은 티어의 클래스까지 얻었으니 어찌 기분이 좋지 않을 수 있겠는가.

게다가 '유니크 듀얼'에 관련된 설명으로 봐서는, 이제 이안 말고는 누구도 이 서머너 나이트를 듀얼 클래스로 얻을 수 없을 터였다.

말 그대로 이안만의 고유한 클래스가 된 것이다.

'자, 그럼 이제 새로 얻은 클래스의 정보를 확인해 볼까?'

씨익 웃은 이안은 이제 서머너 나이트의 정보 창을 새로 오픈하였다.

무려 4티어의 히든 클래스인 서머너 나이트가, 어떤 기상천외한 스킬들을 가지고 있을지 무척이나 궁금하였다.

띠링―!

―유니크 듀얼 클래스 '서머너 나이트'를 최초로 활성화하였습니다.

―'소환' 스킬을 습득하였습니다.

―이미 '소환' 스킬을 가지고 있어, 스킬 습득이 취소됩니다.

-'포획' 스킬을 습득하였습니다.

-이미 '포획' 스킬을 가지고 있어 스킬 습득이 취소됩니다.

-'빙의' 스킬을 습득하였습니다.

-'바람의 축복' 스킬을 습득하였습니다.

-이미 '바람의 축복' 스킬을 가지고 있어, 스킬 습득이 취소됩니다.

서머너 나이트는, 테이밍 마스터와 마찬가지로 애초에 '소환술사' 직업군에서 파생되어 나온 히든 클래스였다.

때문에 소환술사가 가진 기본적인 스킬들은 중복되는 것들이 대부분이었다.

물론 테이밍마스터가 배울 수 없었던 '빙의'와 같은 다른 소환술사들의 기본 스킬들이 생성되기는 하였지만, 딱히 지금의 이안에게 쓸모 있는 스킬들은 아니었다.

그렇다면 소환술사가 가진 기본적인 스킬이 아닌, '서머너 나이트'만의 특별한 고유 스킬들은 어떤 게 있을까?

쓸 만한 스킬들이 제법 눈에 보였지만, 그중에서도 이안을 두근거리게 할 만한 스킬은 세 개 정도였다.

우선 첫 번째.

서먼 인카네이션Summon Incarnation	
분류 : 액티브 스킬	스킬 레벨 : Lv.0
숙련도 : 0퍼센트	
재사용 대기 시간 : 10분	지속 시간 : 5분

서머너 나이트는 자신의 전투력의 50퍼센트만큼을 가진 분신을 소환해
낼 수 있습니다.
분신은 '서먼 인카네이션'을 제외한 서머너 나이트의 모든 스킬을 똑같
이 사용할 수 있으며, 5분이 지나면 사라집니다.
*분신을 이용하여 같은 소환수를 여럿 소환할 수 없습니다.
*서먼 인카네이션의 레벨과 숙련도가 높아질수록 분신의 전투력이 높아
지며 스킬의 지속 시간이 늘어납니다.
*서먼 인카네이션의 스킬 레벨이 다섯 단계 상승할 때마다, 소환할 수
있는 분신이 하나씩 추가됩니다.
현재 소환 가능한 분신의 수 : 1

'크, 자기복제 스킬이라니……. 샤크란 아재 볼 때마다 부
러웠던 스킬이 나한테도 생기는군.'

사실 서먼 인카네이션은 참신한 스킬은 아니었다.

전사 클래스나 암살자 클래스 등 다른 직업군에도 비슷한
스킬이 몇 개 존재했으니 말이다.

하지만 그 활용도가 무궁무진한 스킬이기 때문에, 소환술
사와 조합된다면 다른 클래스와는 또 전혀 다른 시너지가 나
타날 게 분명했다.

'스킬 레벨 5레벨마다 분신 추가라……. 한 10레벨까지는 금
방 찍을 수 있을 것 같으니, 분신 세 개 정도는 운용할 수 있겠
군.'

그리고 결정적으로, 서머너 나이트에게는 이 스킬과 궁합
이 아주 좋은 특별한 스킬이 추가로 존재했다.

바이탈리티 웨폰Vitality Weapon

분류 : 액티브 스킬　　　　　**스킬 레벨 : Lv.0**
숙련도 : 0퍼센트
재사용 대기 시간 : 없음　　　**지속 시간 : 15분**

서머너 나이트는 자아Ego를 가진 무기에 한해 생명력을 불어넣을 수 있습니다.

생명력을 얻은 무기에는 각각의 AI가 부여되며, 착용하지 않더라도 전투에 사용할 수 있습니다.

스킬 레벨이 오를수록 무기의 AI가 향상되며, 생명력을 부여할 수 있는 무기의 최대 숫자가 늘어납니다.

*바이탈리티 웨폰의 스킬 레벨이 10단계 상승할 때마다, 생명력 부여가 가능한 무기의 개수가 한 개 증가합니다.

현재 생명력 부여가 가능한 무기의 수 : 1

*무기의 자아와의 친밀도가 높아질수록, 무기가 가진 더욱 강력한 잠재력을 뽑아낼 수 있습니다.

*???(봉인) : 무기의 최대 잠재력을 끌어내는 데 성공하면, 숨겨진 능력이 개방됩니다.

처음 뮤란을 만났을 당시 뮤란이 보여 줬던 강력한 삼도류三刀流.

그것을 가능하게 해 준 스킬을 이안도 갖게 된 것이다.

그렇다면 이 두 스킬이 어떤 식으로 시너지가 있는 것일까?

'흐흐, 무기 세 개 정도 띄워 놓고 분신으로 복제하면……. 생각만 해도 설레는데, 이거?'

세 개의 에고 웨폰에 생명력을 불어넣은 상태에서 셋의 분신을 추가로 소환한다면 총 열두 개의 무기를 컨트롤할 수 있게 되는 것.

'들고 있는 무기까지 합하면 총 열여섯 개가 되겠네.'

아직 실제로 활용해 보지 않았기에, 두 스킬의 조합이 얼마나 강력한 위력을 발휘할지는 가늠이 어렵다.

하지만 실질적인 위력을 떠나서, 새로운 스킬 응용이 가능해졌다는 것만으로도 이안은 충분히 메리트를 느끼고 있었다.

이안이 가장 좋아하는 종류의 스킬이, '변수'를 만들어 낼 수 있는 스킬들이니 말이다.

그리고 마지막.

위 두 개의 스킬보다 재미는 조금 떨어질지 몰라도, 활용도만큼은 최고인 또 하나의 스킬.

하모나이즈Harmonize

분류 : 패시브 스킬　　　　　　**스킬 레벨 : Lv. 0**
숙련도 : 0퍼센트
재사용 대기 시간 : 없음　　　　**지속 시간 : 없음**

서머너 나이트는, 소환수와 조화를 이룰 때 가장 강력한 힘을 발휘하는 기사입니다.

소환된 소환수의 숫자가 많을수록, 서머너 나이트는 더욱 강력해집니다.

스킬 레벨과 숙련도가 상승할수록, 모든 버프 계수가 증가합니다.

*소환된 소환수 하나당 3퍼센트만큼 모든 전투 능력이 강해집니다.

*일반 공격으로 적을 처치할 시 소환된 모든 소환수의 생명력이 5퍼센트만큼 회복됩니다.

*모든 소환수를 소환하는 데 필요한 통솔력이 25퍼센트만큼 감소합니다.

'조화를 이루다Harmonize'라는 스킬 이름과 완벽히 어울리는, 최고의 패시브 스킬이 이안의 손에 들어온 것이다.

'진짜 4티어 히든 클래스라더니, 확실히 티어 값은 해 주는군.'

이안은 지금껏 소환술사임에도 불구하고 어지간한 전사 클래스만큼 강력한 캐릭터 전투력을 보여 왔다.

그리고 그것을 가능하게 해 줬던 스킬이 바로, '셀라무스 전사'와 관련된 버프 스킬들.

이제 거기에 하모나이즈라는 최고의 캐릭터 버프 스킬이 추가되었으니, 이것은 호랑이에게 날개를 달아 준 것이나 다름이 없는 상황이었다.

덕분에 이안은 방금 대장정이 끝나 온몸이 녹초가 되어 버린 상황임에도 불구하고, 또다시 몸이 근질거리기 시작했다.

새로 얻은 이 기상천외하고 강력한 스킬들을, 한시바삐 써 보고 싶었기 때문이다.

'그래도 좀 쉬긴 쉬어야지. 이대로 명계 공략을 강행하면, 캡슐 안에서 기절해 버릴지도 몰라.'

한숨 푹 자고 일어나면 또다시 정복해야 할 콘텐츠가 태산같이 쌓여 있을 것이다.

명계 공략만 해도 정말 원 없이 싸울 수 있게 될 것이었으니, 이안은 당장의 욕심을 조금 참아 보기로 했다.

'기다려라, 베히모스! 이 엉아가 저승에서 널 꺼내 주마.'

신화 등급.

그 한계를 뛰어넘을지도 모를 강력한 마수.

자신의 손으로 최강의 마수를 연성해 낼 생각을 하자, 이안은 또다시 설레기 시작했다.

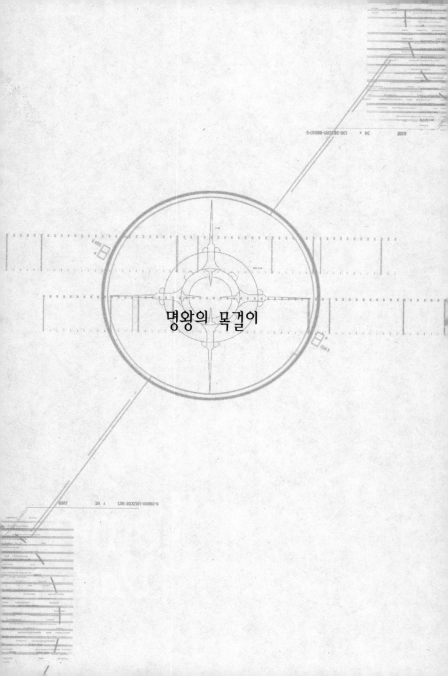

명왕의 목걸이

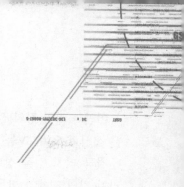

"웃차! 이제 슬슬 TV를 켜 볼까?"

반나절 동안 한숨 푹 자고 일어난 나지찬은 개운한 표정으로 거실 쇼파에 걸터앉았다.

"이제쯤 리치 킹과의 전투가 시작됐겠지?"

팔카치오성.

그중에서도 내성의 설계는 나지찬이 속해 있는 기획 3팀에서 진행하였다.

때문에 나지찬은 내성 진입에서부터 리치 킹까지 얼마 정도의 시간이 걸릴지 잘 알고 있었다.

"일반적인 유저 기준으로 트라이하는 데 한 10시간 정도 걸릴 코스니까, 아무리 이안이라 해도 5시간 이상은 걸리겠지.”

이안과 리치 킹의 전투를 볼 생각에 기분이 좋아진 나지찬은 실실 웃으며 TV를 켰다.

결국 리치 킹을 상대하는 것은 루가릭스가 될 것이지만, 리치 킹의 결계가 발동하기 전까지는 이안과 샤크란의 활약을 볼 수 있을 것이라는 생각이었다.

피이잉-!

익숙한 소리와 함께 켜지는 TV.

채널은 항상 YTBC에 고정되어 있기 때문에, 따로 돌릴 필요는 없었다.

“너무 일찍 일어난 건 아니겠지?”

뒷머리를 긁적이며 TV에 시선을 고정시킨 나지찬.

하지만 다음 순간, 나지찬은 당황할 수밖에 없었다.

당연히 리치 킹 에피소드가 송출되고 있어야 할 YTBC의 화면에, 웬 재미없는 게임 예능이 방송되고 있었기 때문이었다.

“……!”

놀란 나머지 나지찬의 두 눈이 휘둥그레졌다.

채널을 잘못 틀었나 싶어 여기저기 돌려 봤지만, 리치 킹 에피소드 방송이 끝났다는 사실만 확인할 수 있었다.

“뭔데? 설마 공략 실패라도 한 거야?”

당황한 나지찬은 서둘러 스마트폰을 켰다.

인터넷 기사를 확인하기 위해서였다.

그리고 잠시 후, 인터넷 기사의 제목들을 확인한 그는 허탈한 표정이 될 수밖에 없었다.

-리치 킹 원정대, 단 한 번의 트라이로 에피소드 클리어 성공!

-중간계, 새로운 콘텐츠의 등장?

-어둠의 신룡, 루가릭스의 정체는?

-리치 킹 샬리언, 그 또한 이안갓 앞에서는 한낱 잡몹이었을 뿐.

리치 킹 샬리언이 소멸한 뒤 황폐했던 시카르 사막의 북부 지역에도 생명이 싹트기 시작했다.

새하얀 눈과 어둠으로 덮여 있던 설원에, 햇살이 내려앉은 것이다.

소식을 들은 수많은 유저들이 북부 지역으로 입주하기 시작했으며, 그것은 NPC들도 마찬가지였다.

덕분에 사람이 살아갈 수 없는 환경이었던 어둠의 영토가, 활기를 되찾아 갔다.

"레드 루비 아뮬렛 팝니다! 옵션 최상급인 물건이에요! 시세보다 싸게 드립니다!"

"팔카치오성 외곽에 멋진 집 지어 드립니다! 로튠건설 사무실로 오세요!"

"가고일 사냥 가실 원거리 딜러 두 분 구합니다! 250레벨 이상인 분만 구합니다!"

"팔카치오 왕성 동문 앞에, 대장간 새로 오픈합니다!"

그리고 어둠의 영토 중에서도 리치 킹 샬리언이 기거하던 거대한 성인 '팔카치오성'이 가장 많은 사람들로 북적이고 있었다.

팔카치오성 안의 인프라가 로터스나 타이탄 왕국과 같은 거대 왕국의 수도 못지않게 잘되어 있었기 때문이다.

그런데 여기서 흥미로운 부분은 어둠의 영토였던 모든 영지들이 '중립 지역'이 되었다는 점이다.

개발사에서 이 지역을 불가침 지역으로 설정해 버린 것이다.

이 지역에서는 일체 PK가 불가능했으며, 심지어 그것은 타 종족 간에도 적용되었다.

물론 마족이 인간계에 올 일이 아직은 없겠지만, 마족이 온다 하더라도 이 지역에서는 서로 공격할 수 없는 것이다.

팔카치오 내성 안쪽.

왕성의 뒤편에 있는 커다란 공터에, 스무 명이 조금 안 되어 보이는 한 무리의 유저들이 옹기종기 모여 있었다.

그들은 다름 아닌 타이탄 길드의 정예 유저들이었다.

무리의 가장 앞쪽에 서 있던 에밀리가 입맛을 다시며 입을 열었다.

"팔카치오성은 정말 탐나네요. 중립 지역만 아니었어도 꿀꺽했을 텐데……."

그 말에, 샤크란이 피식 웃으며 대꾸했다.

"로터스에서 가만히 있지 않았을걸?"

"뭐, 로터스와는 딜을 잘했으면 됐겠죠."

"하긴, 그거야 협상하기 나름이니까……. 잘 갈라먹었으면 되긴 했겠군."

"그렇죠? 시설물 레벨도 참 마음에 들던데."

"부질없는 얘긴 여기까지 하도록 하지."

"후후, 알겠어요, 마스터."

대화를 나누던 샤크란이 피식 웃으며 바위에 걸터앉았다.

그러자 다른 인원들도 자리에 하나둘 주저앉는다.

그들은 이곳에서 누군가를 기다리고 있었다.

"흐음. 그나저나 이제 올 시간이 거의 된 것 같은데……."

"그러게요. 왜 아직 코빼기도 안 보이는 거……."

그런데 그때였다.

샤크란과 에밀리가 한마디씩 던지기가 무섭게 공터 한복판에 낮은 공명음이 울려 퍼지기 시작했다.

우우웅─!

이어서 생겨나는, 낯익은 모양새의 포털.

"꼬마 녀석, 양반은 못 되는군."

샤크란이 실소를 흘리며 다시 자리에서 일어섰고, 열린 포털에서는 하나둘 낯익은 얼굴들이 나오기 시작했다.

가장 먼저 모습을 드러낸 이는, 바로 이안이었다.

그는 샤크란의 얼굴을 확인하자마자, 반가움 표정으로 손을 흔들었다.

"여, 아재. 푹 쉬고 오셨슴까?"

"짜식이, 거 끝까지 아재라고 그러네."

"헤헤, 그렇다고 형님이라 하기엔……."

"형이라니까, 인마."

리치 킹 에피소드를 계기로 제법 친해진 두 사람이 투닥거렸고, 그 사이 공터에는 열댓 명 정도 되는 로터스의 정예 랭커들이 모습을 드러내었다.

그리고 잠시 후.

이안과 시선이 마주친 샤크란이 눈을 빛내며, 나직한 목소리로 입을 열었다.

"자, 꼬마. 약속을 이행할 시간이다."

이안이 고개를 끄덕이며 씨익 웃었다.

"물론이죠."

짧게 대답한 이안이, 로터스 길드원들에게 오더를 내리기 시작했다.

그러자 길드원들은 일사분란하게 움직여서 둥글게 진영을 갖춰 섰다.

그리고 그것은 타이탄의 길드원들도 마찬가지였다.

로터스의 정예들과 타이탄의 정예들까지.

긴장한 표정이 된 총 서른 정도의 인원이, 이안과 샤크란을 중심으로 쭉 둘러섰다.

무엇을 하려는 것인지, 중립 지역 안에 들어와 있음에도 불구하고 모든 이들은 당장이라도 전투를 시작할 수 있게 만만의 준비를 해 놓은 상황이었다.

"자, 그럼 시작합니다!"

인벤토리에서 무언가를 꺼낸 이안이, 그것을 천천히 앞으로 들어올렸다.

보랏빛의 광휘가 찬란하게 뿜어져 나오는 세 조각의 투명하고 아름다운 보석들.

그것들은 점차 허공으로 떠오르더니, 더욱 강력한 빛을 뿜어내었다.

우웅- 우우웅-!

찬란한 빛과 함께, 세 조각의 파편들이 하나로 합쳐지기 시작했다.

그리고 그 과정에서 퍼져 나온 보랏빛의 광휘들이 점차 아래로 빨려 들어가더니 커다란 하나의 마법진을 그려 나갔다.

"……!"

긴장한 표정으로, 정령왕의 심판을 고쳐 잡은 이안.

이어서 이안의 시야에, 새로운 시스템 메시지들이 하나씩 떠올랐다.

띠링-!

-세 조각의 '명왕의 목걸이 파편'들을 전부 모으셨습니다.

-강렬한 망자亡者의 힘이 느껴집니다.

-차원의 기운이 역행하기 시작합니다.

-삶生과 죽음死의 경계. 명계의 수문장이 모습을 드러냅니다.

꿀꺽.

고요한 가운데, 누군가의 침 삼키는 소리가 울려 퍼졌다.

눈으로 확인할 수 있는 것은 없었으나, 어떤 강력한 기운이 밀려오고 있다는 것만큼은 모두가 느낄 수 있었다.

그렇게 10초 정도의 시간이 지났을까?

고오오오!

작게 울리던 파동음이 점점 더 커지더니, 지진이라도 난 것 같은 착각이 들 정도로 공터가 크게 진동하기 시작했다.

이어서 바닥에 그려진 마법진을 타고, 시커먼 기운이 솟아올랐다.

스하아아-!

시커먼 운무가 거대한 덩어리를 만들며 무럭무럭 피어올랐다.

그리고 그 사이로 보랏빛의 기운들이 넘실거렸다.

샬리언이 등장할 때와 비슷한 느낌.

하지만 그 화려함이나 느껴지는 기운만큼은, 그때와 비교도 할 수 없이 대단했다.

'명왕이라……. 명계의 왕이라는 타이틀을 가지고 있으니, 중간계에서도 최상위 보스급 NPC겠지?'

두 눈을 반짝이며 시커먼 운무를 응시하는 이안.

그리고 잠시 후, 장내에 커다란 음성이 울려 퍼지기 시작했다.

─크핫. 이렇게나 맑은 공기라니. 여기는 혹시 지상계인가?

걸쭉하고 묵직한 한 남자의 목소리.

이어서 그 목소리의 주인으로 보이는 한 남자가, 시커먼 운무를 뚫고 나와 모습을 드러내었다.

칠흑같이 새카맣지만, 흑진주를 연상케 할 정도로 화려한 광택이 뿜어져 나오는 묵빛 갑주.

온몸에 흑갑을 두른 남자는, 마치 삼국지에나 등장할 것 같은 동양풍 용장勇壯의 모습을 하고 있었다.

굳이 삼국지의 등장인물과 비교하자면, 장비 같은 느낌이라고 해야 할까?

그와 눈이 마주친 이안이 한 걸음 앞으로 옮겨 그를 향해 다가갔다.

이어서 이안은 흥미진진한 목소리로 입을 열었다.

"당신이 명왕입니까?"

그리고 그 목소리를 들은 남자의 시선이 이안을 향해 휙 하고 움직였다.

─오호라. 네놈이로구나.

이어서 생각지도 못했던 대답을 들은 이안이 어리둥절한 표정으로 반문했다.

"예……?"

—이 나를 이승으로 불러낸 놈 말이다.

"아, 그거라면 제가 맞습니다만……."

—흐음…….

"그나저나 제 질문에 대답 좀 해 주면 안 됩니까?"

—뭐?

"명왕 맞냐고요."

—아하, 난 또 뭐라고.

가슴을 쭉 내민 남자가, 흉갑을 텅텅 치며 씨익 웃었다.

—맞다. 내가 바로 명계의 칠대 명왕, 뮤칸이다.

그런데 바로 그때, 이안과 대화를 하던 명왕 뮤칸의 몸이 돌연 시커먼 연기에 휩싸였다.

"……!"

그리고 그와 동시에, 이안의 바로 앞에도 까만 연기가 피어올랐다.

"조심!"

어떻게 된 일인지는 정확히 알 수 없지만, 까만 연기와 함께 뮤칸이 순간 이동한 것이다.

반사적으로 창대를 들어, 방어 자세를 취한 이안.

이어서 이안의 바로 앞에 나타난 뮤칸이 왕방울만 한 눈을 부라리며 이안을 여기저기 살폈다.

　-흐음. 이상한데…….

"뭐, 뭐가 말입니까?"

　-너는 흑마법사가 아니군.

"그렇습니다."

　-하지만 네게서 망자의 냄새는 느껴져.

순간적으로 이해하지 못한 이안이 살짝 갸우뚱했지만, 금방 그 의미를 깨달을 수 있었다.

'아, 퓨전 클래스 때문이구나.'

이안이 고개를 끄덕이며 대답했다.

"그렇습니다. 전 어둠의 소환술사니까요."

　-오호……!

그제야 이해가 되었다는 듯, 뮤칸이 고개를 끄덕이며 한 발짝 물러났다.

그리고 고개를 절레절레 저으며, 안타깝다는 듯한 목소리로 입을 열었다.

　-안타깝게 되었어.

"또 뭐가요?"

　-파편을 어떻게 모아서 날 불러낸 것인지는 알 수 없지만, 난 반쪽짜리 어둠에게 힘을 줄 수 없다.

"대체 무슨 말을 하는 건데요?"

이안은 어리둥절한 표정으로 반문했다.

그리고 그 반문에, 뮤칸 또한 당황한 표정이 되었다.

-나의 힘을 얻고자 날 소환해 낸 것이 아니었단 말이냐?

"아닌데요?"

이안의 옆에 있던 훈이가 손을 번쩍 들며 앞으로 뛰어 나가려 했으나, 이안에 의해 저지되었다.

"나, 내가 얻을래!"

"시끄러 인마."

그 모습을 본 뮤칸이 어처구니없다는 표정이 된 것은 당연한 수순이었다.

-네놈들, 뭐 하는 놈들이냐? 그럼 대체 난 왜 부른 거야?

이안은 발버둥치는 훈이를 간단히 제압하여 유신에게 맡겼다.

그리고 뮤칸을 향해 다시 시선을 돌렸다.

"내가 명왕, 당신을 부른 이유는……."

잠시 동안 뜸을 들인 이안이, 한 자 한 자 또박또박 말을 이었다.

"명계로 가는 길을 열기 위해서요."

이안의 말이 끝난 그 순간, 마치 세상이 정지하기라도 한 듯, 모두의 동작이 일시에 멈췄다.

다만 유일하게 멈추지 않은 것은 명왕 뮤칸이었다.

-크핫, 크하하핫!

뭐가 그리 유쾌한지, 연신 광소를 터뜨리는 뮤칸.

그리고 잠시 후, 완전히 분위기가 달라진 뮤칸이 묵직한
목소리로 다시 입을 열었다.

－저승에 가고 싶은 인간을 만나게 될 줄이야…….

"……."

－명계에 갈 수 있는 방법을 알고 싶은가?

"그렇습니다."

이안의 대답을 들은 뮤칸이 씨익 웃으며 천천히 말을 이
었다.

－명계에 갈 수 있는 방법은 두 가지가 있지.

"……?"

－첫째. 뒈지면 된다. 내가 이 언월도를 네 심장에 쑤셔 박으면 지금
당장이라도 명계에 갈 수 있겠지.

뮤칸은 언월도를 위협적으로 휘두르며 무미건조한 목소리
로 말했다.

하지만 이어진 그의 다음 말은, 이안과 일행을 더욱 긴장
하게 할 만한 것이었다.

－둘째. 날 이기면 된다. 나와 싸워 이기면, 내가 명계에 직접 데려다
주도록 하지.

이안은 뮤칸의 말이 틀렸다고 생각했다.

유저가 명계에 갈 수 있는 방법은 두 가지가 아닌 오직 한 가지뿐이었으니까.

'NPC야 죽으면 명계에 떨어지겠지만, 다시 태어나는 유저들은 명계에 갈 수 없잖아.'

때문에 이안이 명계에 갈 수 있는 유일한 방법은 결국 뮤칸과 싸워서 이기는 것뿐이다.

이안은 자신도 모르게 침을 꿀꺽 집어삼켰다.

'저 녀석을 내가 이길 수 있을까?'

이안의 시선이 날카롭게 명왕을 살폈다.

-명왕 뮤칸 : Lv. 500

'역시나 놈의 레벨은 500이고……'

초월적인 존재인 뮤칸의 레벨은 역시 MAX 레벨인 500.

그나마 다행인 점은 여기가 인간계라는 것이었다.

만약 여기가 중간계였다면, 이안이 명왕을 이길 방법은 존재하지 않았을 것이다.

중간계인 명계에서도 상위 실력자에 속할 것이 분명한 명왕을, 초월 2레벨에 불과한 이안이 이길 수 있을 리 없으니 말이다.

어쨌든 방법이 하나라면 머리를 더 굴릴 이유도 없었다.

부딪쳐서 돌파하는 수밖에.

저벅.

이안이 한 발자국 앞으로 내디디며, 정령왕의 심판을 앞으로 내밀었다.

척.

이어서 묵직한 목소리로, 천천히 입을 열었다.

"널 이기면, 명계로 가는 길을 열어 준다는 거지?"

이안의 물음에, 뮤칸의 두 눈이 살짝 커졌다.

"그렇다."

"좋아. 그렇다면……."

우우웅—!

이안의 몸에서 하얀 광채가 흘러나왔다.

이어서 그의 손에 들려 있던 금빛 창.

'정령왕의 심판'이 허공에 두둥실 떠올랐다.

"한번 놀아 볼까?"

'초월의 힘'은 지상계에서는 제대로 된 힘을 발휘할 수가 없다.

하지만 그렇다고 해서 그것이 아무런 의미가 없느냐?

그건 당연히 아니었다.

초월 레벨이 높을수록, 지상계에서의 전투력도 분명히 강해진다.

다만 중간계에서의 능력치가 10이라면, 인간계에서 1~2

정도만 발휘된다는 것일 뿐.

같은 500레벨의 존재들 사이에서도 전투력의 차이가 나는 이유가 바로 그 때문이었다.

리치 킹 샬리언이 같은 레벨이었던 그의 부하들보다 훨씬 강력했던 것처럼 말이다.

해서 이 명왕 뮤칸은 분명 강력할 것이다.

적어도 리치 킹보다는 말이다.

"여기가 아무리 지상계라고는 하나, 감히 인간 주제에 날 이길 수 있다 생각하는 것인가."

명왕 뮤칸의 우락부락한 얼굴에, 복잡한 감정이 뒤엉켜 떠올랐다.

가장 큰 감정은 생각지도 못했던 도전자에 대한 '흥미로움' 이었으며, 거기에 약간의 괘씸함이 뒤섞인 것이다.

초월적인 존재.

그중에서도 최상위 존재인 자신에게 한낱 인간이 도전장을 내미는 날이 올 줄은 몰랐으니까.

"길고 짧은 건, 대봐야 아는 것 아닙니까."

"때로는 굳이 대어 보지 않더라도 알 수 있는 차이라는 게 있지."

쿠쿵!

그 순간, 뮤칸이 자신의 언월도를 바닥에 쿵 하고 내려찧었다.

그러자 그를 중심으로 까만 운무가 퍼져 나가더니, 주변에 둘러선 사람들을 밀어내었다.

"어, 어어?"

"이게 뭐지? 그냥 뒤로 밀리잖아?"

까만 구름과 수증기들은 유저들에게 피해를 입히지는 않았다.

하지만 그 안에 느껴지는 알 수 없는 힘은 유저들을 끊임 없이 바깥으로 밀어내었다.

그것은 거부할 수 없는 힘이었다.

그런데 그때, 까만 안개의 안쪽에 우뚝 서 있는 그림자를 발견한 한 유저가 놀란 표정이 되어 입을 열었다.

"어, 그런데 이안 님은 저 안에 계시는데?"

"그러게? 뭐가 어떻게 되는 거지?"

안개가 퍼져 나간 자리에 널따란 공터가 생겨나면서, 그 안에 이안과 뮤칸, 둘만이 남은 것이다.

그리고 잠시 후, 장내에 뮤칸의 목소리가 쩌렁쩌렁 울려 퍼졌다.

-도전을, 받아들이겠노라!

이어서 이안의 눈앞에, 새로운 시스템 메시지들이 주르륵 하고 떠올랐다.

띠링-!

-명왕 뮤칸이 당신의 도전을 받아들였습니다.

-'절대자의 권능'이 발현되었습니다.

-'다크니스 필드'의 영역에 들어왔습니다.

-'명왕 뮤칸의 시험' 퀘스트가 발동합니다.

명왕 뮤칸의 시험 (히든)

명부冥府를 다스리는 다섯 번째 왕이자, 생사의 길목을 지키는 염라대왕 閻羅大王인 뮤칸.

명왕의 목걸이 파편을 전부 모은 당신은 결국 뮤칸을 소환하는 데 성공하였다.

모든 흑마법사들의 꿈인 '명왕의 힘'을 얻을 조건을 충족시킨 것이다.

그런데 흑마법사가 아닌 당신은 뮤칸에게 권능을 받지 못했고, 대신 명계로 가는 길을 열어 달라는 부탁을 하였다.

그리고 뮤칸은 본인과의 대결에서 이겨야만 명계로 가는 길을 열어 줄 수 있다 하였다.

명계의 왕에 대한 인간의 도전.

이것은 콜로나르 대륙 역사상 단 한 번도 없었던, 그야말로 무모한 도전이라고 할 수 있다.

하지만 당신은 도전하였고, 뮤칸은 그 도전을 받아들였다.

만약 당신이 뮤칸과의 대결에서 승리한다면, 뮤칸이 명계로 가는 길을 열어 줄 것이다.

그러나 당신이 만약 패배한다면, 뮤칸은 길을 열어 주지 않을 것이다.

또한 명왕의 권능에 도전한 대가로 '죽은 자' 페널티를 받게 될 것이다.

뮤칸과의 전투에서 승리하여 그로부터 명계로 가는 길을 안내받자.

퀘스트 난이도 : ???(알 수 없음)

퀘스트 조건 : '명왕의 목걸이 파편'을 전부 모은 유저.

명성치가 3천만 이상인 유저.

'초월 레벨' 시스템을 오픈한 유저.

*퀘스트에 실패할 시, '죽은 자' 페널티를 받게 됩니다.

*'죽은 자' 페널티 : '언데드' 상태가 되어 사흘간 명계에 갇히게 됩니다

(언데드 상태인 동안, 경험치와 아이템을 획득할 수 없습니다).
*제한 시간 : 없음.
*보상 : '명계로 가는 길'이 열립니다.

"역시 이안. 곧바로 명왕을 소환하는군."

짧은 휴가를 마치고 사무실에 출근한 나지찬은 출근하자마자 모니터링실로 향했다.

그가 모니터링실부터 들린 이유는, 이안의 개인 화면을 지켜보기 위함이었다.

그것은 사실 당연한 것이었다.

한국 서버의 유저가 최초로 중간계에 발을 들일지도 모르는 상황은 직접 지켜봐야 하기 때문이었다.

"이안이 명왕을 이길 수 있을까? 이안과 뮤칸. 둘 중 누가 이겨도 이상하지 않은 상황인데 말이지."

이번만큼은 나지찬도 100퍼센트 이안을 응원하고 있었다.

어차피 중간계의 콘텐츠는 이미 충분히 만들어져 있었고, 당장 이안이 중간계에 들어선다고 해도 할 수 있는 게 많지 않을 것이기 때문이었다.

중간계의 난이도는, 그야말로 하드코어 그 이상이었으니 말이다.

"아무리 이안이라도 최소 450~480레벨은 찍고 넘어가야 뭘 해 볼 수 있을 테니까."

나지찬은 두 눈을 반짝이며, 뮤칸과 이안의 전투를 지켜보기 시작했다.

그가 가장 기대하는 부분은 이안이 새로 얻은 클래스인 '서머너 나이트'였다.

이안이 서머너 나이트의 스킬들을 어떤 식으로 활용할지 지켜보는 것이 지금 나지찬의 관전 포인트라고 할 수 있었다.

후웅, 후웅, 콰콰쾅!

황금빛 장창이 허공을 휘저으며, 강력한 뇌전의 기운을 연신 뿜어냈다.

그런데 놀라운 것은, 그 창을 쥐고 있는 사람이 없다는 부분이었다.

창은 마치 살아 있기라도 한 듯 스스로 움직이며 명계의 왕을 공격하기 시작했다.

이안의 새로운 히든 클래스.

서머너 나이트만의 고유 능력인 바이탈리티 웨폰Vitality Weapon이 발동한 것이다.

쩌저정- 쩡-!

뮤칸의 묵빛 언월도와, 이안의 정령왕의 심판이 허공에서 맞부딪쳤다.

   그리고 합을 나누던 뮤칸의 두 눈에 한껏 이채가 어렸다.

   "이것은 분명 지상계의 힘이 아닌데……. 인간, 네놈은 초월자의 힘을 사용하는군."

   뮤칸의 말을 들은 이안이, 그 말의 의미를 대략적으로 짐작해 보았다.

   '서머너 나이트라는 클래스가 원래 중간계에서 얻을 수 있는 클래스인가?'

   이안은 알 수 없는 카일란의 설정이었지만, 사실 4티어 이상의 클래스부터는 기본적으로 중간계에 가야만 얻을 수 있게 되어 있었다.

   서머너 나이트처럼 특별한 퀘스트의 보상으로 얻을 수 있는 4티어 클래스가 몇 개 존재하기는 했으나, 기본 베이스가 '중간계'에 있기 때문에 뮤칸이 초월자의 힘이라 한 것이었다.

   어쨌든 이안의 짐작이 대충 맞았다고 할 수 있었다.

   이안은 뮤칸과 눈을 마주치며 씨익 웃었다.

   "아저씨, 좀 져 주면 안돼요? 나 명계 진짜 가고 싶은데."

   뮤칸을 향해 실없는 농담을 한 이안이 빠르게 전방으로 움직이며 소환수들을 소환하였다.

   그러자 뮤칸 또한 씨익 웃으며 한쪽 팔을 치켜들었다.

그리고 그와 동시에, 뮤칸의 손에 소환된 수많은 망자들이
바닥에서 솟아올랐다.

"후후, 꼬마야. 명계에 가고 싶은 게 전부라면 사실 이 전
투는 의미 없지 않겠느냐."

"음?"

"어차피 내 손에 죽어도, 네놈은 명계에 떨어질 테니 말이
다."

그 말에 반사적으로 반박하려 했던 이안은 목구멍까지 차
올랐던 말을 집어삼킬 수밖에 없었다.

순간적으로 퀘스트에 쓰여 있던 내용이 떠올랐기 때문이
었다.

퀘스트에 실패할 시 받게 된다는 '죽은 자' 페널티.

'그러네. 죽은 자 페널티를 받게 되면, 어차피 명계 구경은
할 수 있는 거잖아?'

이안은 피식 실소를 지으며 다시 전투에 온 신경을 집중
했다.

그렇다고는 해도 죽어서 명계에 가는 것은 의미가 없었기
때문이다.

경험치고 아이템이고 아무것도 얻을 수 없는 상태에서, 명
계에 입성해 봐야 무슨 의미가 있겠는가.

한쪽 입꼬리를 말아 올린 이안이 뮤칸을 도발하기 시작
했다.

"아저씨, 나한테 이길 자신 없어서 그런 말 하는 건 아니죠?"

그리고 그 도발에, 뮤칸의 미간이 살짝 꿈틀거렸다.

"놈, 제법 당돌하구나."

"그런 게 아니라면, 피차 쓸데없는 소리는 그만하자고요."

"……!"

뮤칸을 살살 약 올린 이안은 블러디 리벤지를 치켜들며 전방으로 뛰어들었다.

에고 웨폰인 정령왕의 심판은, 손에 쥐고 있지 않아도 컨트롤할 수 있기 때문이었다.

그리고 이안이 달려들자, 뮤칸의 언데드들이 앞길을 가로막았다.

-리치 나이트 : Lv. 500

-스켈레톤 워리어 : Lv. 485

-스켈레톤 나이트 : Lv. 490

이어서 언데드들의 레벨을 확인한 이안의 눈이, 살짝 찌푸려졌다.

'이젠 개나 소나 500레벨이네.'

하지만 예상하지 못한 것은 아니었다.

뮤칸보다 하위 레벨의 존재로 추정되는 리치 킹의 부하들조차도 죄다 500레벨이었으니 말이다.

그리고 당연히 그에 대한 대책도 마련되어 있었다.

이안의 입에서 나직한 목소리가 흘러나왔다.

"서먼 밴Summon Ban."

서머너 나이트만이 가지고 있는 또 하나의 특별한 고유 능력, 서먼 밴이 발동된 것이다.

서먼 밴

분류 : 액티브 스킬   **스킬 레벨** : 없음

숙련도 : 없음

재사용 대기 시간 : 20분   **지속 시간** : 없음

서머너 나이트는 일시적으로 모든 소환수를 무력화시킬 수 있는 권능을 가지고 있습니다.

서머너 나이트의 용맹이 발현되면, 그 강력한 권능 앞에 모든 소환수가 무릎 꿇습니다.

*서먼 밴이 발동하면, 반경 30미터 이내의 모든 소환술사의 소환수들이 역소환됩니다.

(모든 아군 소환수가 전부 포함됩니다.)

*서먼 밴이 발동하는 순간, 반경 30미터 이내 모든 적이 15분간 '소환 금지' 상태가 됩니다.

('소환 금지' 상태가 되면, '소환' 스킬을 발동할 수 없습니다.)

('소환 금지' 상태가 되면, 소환한 모든 소환수가 역소환됩니다.)

서머너 나이트만이 가지고 있는 고유한 스킬 중 하나인 서먼 밴.

서먼 밴은 그 말 뜻 그대로, '소환을 금지'하는 광역 디버

프 스킬이다.

소환이 주력 스킬이라 할 수 있는 소환술사와 흑마법사에게, 완벽한 카운터 격이라 할 수 있는 스킬인 것이다.

범위도 반경 30미터에 육박하기 때문에, 광역 디버프 중에서도 무척이나 넓은 편이다.

때문에 이 스킬이 바로, 서머너 나이트가 리치 킹의 카운터가 되는 이유였다.

리치 킹의 스킬 중에서도 가장 강력한 스킬인 '소환 스킬'들을 전부 봉인해 버릴 수 있으니 말이다.

물론 이안은 강력한 조력자 덕에 리치 킹의 제대로 된 소환 스킬을 구경조차 하지 못했지만 말이다.

어쨌든 대략적으로 살펴봤을 때, 무척이나 사기성이 짙어 보이는 스킬인 서먼 밴.

하지만 조금만 더 생각해 보면, 이안이 이 스킬을 왜 서먼 인카네이션이나 하모나이즈와 같은 스킬보다 한 등급 낮게 평가했는지 알 수 있다.

'시전자가 소환술사. 그중에서도 서머너 나이트니까, 뭐…….'

서먼 밴을 사용하는 순간 본인의 소환수까지도 전부 역소환되어 버리니, 소환술사 입장에서는 함부로 사용할 수 없는 스킬인 것이다.

특히 소환된 소환수의 숫자에 비례하여 강력한 버프를 받는 서머너 나이트의 경우, 본인에게 무척이나 치명적일 수밖에 없는 디버프 스킬이었다.

그렇다면 이 서먼 밴은, 언제 써야 하는 스킬일까?

그 답은 바로, '전투가 시작할 때'였다.

시전자가 본인의 소환수를 소환하기 전, 서먼 밴을 발동시킨 뒤 소환수들을 소환하면 되는 것이다.

'대체 재사용 대기 시간은 왜 만들어 놓은 거야? 어차피 일단 전투가 시작되면 사용하기 애매한 스킬인데 말이지.'

이안은 속으로 투덜거리며, 서먼 밴을 발동시켰다.

그러자 그와 동시에, 앞을 가로막고 있던 명왕의 소환수들이 연기가 되어 사라져 버렸다.

"……!"

자신의 소환수들이 일시에 사라지자, 적잖이 당황한 뮤칸.

이어서 이안의 신형에, 붉은 빛줄기가 맺히기 시작했다.

"블러드 스플릿Blood Split!"

이안이 말아 쥐고 있는 핏빛 단검, 블러디 리벤지의 고유 능력이 또다시 발동된 것이다.

촤아아악-!

물론 이번에는 일전에 보여 줬던 것처럼, 재사용 대기 시간을 초기화시키며 연달아 스킬을 발동시킬 수는 없었다.

주변에 동시에 맞출 만한 '잡몹'이 존재하지 않았기 때문이다.

더해서 이안은 뮤칸에게 피해를 입히기 위해 블러드 스플릿을 쓴 것조차 아니었다.

단지 이안이 블러드 스플릿을 발동시킨 이유는, 그와의 거리를 좁히기 위해서일 뿐이었다.

촤아앙―!

허공을 가르는 날카로운 파공성과 함께, 붉은 기운에 녹아든 이안의 신형이 뮤칸의 바로 앞까지 짓쳐 들었다.

그와 동시에 이안은 연속으로 소환 스킬을 발동하기 시작했다.

"라이, 핀, 할리, 카르세우스, 소환!"

끼아아오오!

크허엉―!

라이부터 시작해서 엘카릭스, 빡빡이까지.

순식간에 모든 소환수를 소환해 낸 이안의 눈앞에, 연달아 시스템 메시지가 떠올랐다.

띠링―!

―패시브 스킬, 하모나이즈의 영향으로, 모든 전투 능력이 3퍼센트만큼 강력해집니다.

―패시브 스킬, 하모나이즈의 영향으로, 모든 전투 능력이 3퍼센트만큼 강력해집니다.

……후략……

서머너 나이트만이 가진, 소환술사 최강의 패시브 버프 스킬.

그리고 소환수가 채 전부 소환되기도 전, 이안은 서머너 나이트의 또 다른 고유 능력을 발동시켰다.

"서먼 인카네이션!"

본신의 50퍼센트만큼의 전투 능력을 가진 '분신'을 소환해 내는, 서머너 나이트의 고유 능력이 발동된 것이다.

아직 스킬 레벨이 낮기 때문에 분신이 하나밖에 소환되지 않았다.

하지만 이안은 그것만으로도 충분히 많은 변수를 만들어 낼 자신이 있었다.

소환된 분신은 이안의 모든 스킬을 똑같이 사용할 수 있으니 말이다.

'소환수까지 중복으로 소환할 수 있었으면 더 좋았을 텐데 말이지.'

속으로 실없는 생각을 한 이안은, 마지막으로 항상 애용해 왔던 또 하나의 강력한 버프 스킬을 발동시켰다.

"셀라무스 전사의 의지!"

후우웅—!

블러드 스플릿으로 인해 붉게 변했던 이안의 신형이 순식 간에 황금빛으로 물들었다.

그리고 그것은, 이안의 옆에 나타난 분신 또한 마찬가지였 다.

분신을 소환하자마자 스킬을 동시에 발동시킨 것이다.

그리고 그 화려한 이펙트만큼이나 어마어마한 버프 효과들이 중첩되기 시작했다.

띠링-!

-고유 능력, '셀라무스 전사의 의지'를 발동시켰습니다.

-20분 동안 모든 무기에 대한 숙련도가 '15레벨' 만큼 증가합니다.

-20분 동안 모든 전투 능력이 40퍼센트만큼 추가로 증가합니다.

-20분 동안 모든 액티브 스킬이 봉인됩니다.

순식간에 설계했던 대로 모든 스킬을 연달아 발동시킨 이안이, 기분 좋은 미소를 지으며 검을 고쳐 쥐었다.

머릿속으로 생각해 놓았던 대로 완벽히 모든 스킬이 연계되었기 때문이다.

'이거 스킬 발동 순서 헷갈리지 않게 조심해야겠어.'

지금까지 이안의 스킬 발동 순서에는, 단 하나의 변할 수 없는 명제가 있었다.

그것은 바로, 모든 액티브 스킬들을 전부 발동시킨 뒤에 '셀라무스 전사의 의지' 스킬을 사용해야 한다는 것이다.

물론 무기에 붙어 있는 고유 능력이야 영향받지 않으니 상관없지만, 적어도 버프 스킬과 소환 스킬들은 먼저 사용해야만 하는 것이다.

그런데 이제, 한 가지의 명제가 추가로 생겨나게 되었다.

단 한 마리의 소환수도 소환하지 않았을 시점에 가장 먼저 사용해야만 하는 스킬, '서먼 밴'이 생겼으니 말이다.

어쨌든 버프 중첩으로 강력한 전투 능력을 갖게 된 이안이, 뮤칸을 향해 빠르게 달려들기 시작했다.

그리고 그 모습은, 가히 장관이라 할 수 있었다.

강력한 이안의 소환수들과 이안, 그리고 이안의 분신과 허공을 휘젓는 두 자루의 황금빛 창.

이 수많은 개체들이 일사불란하게 움직이는 모습은 도저히 한 사람의 유저가 컨트롤하는 것이라고 믿을 수 없는 수준이었으니 말이다.

결계의 바깥에서 그 광경을 구경하고 있던 몇몇 유저들이, 낮은 목소리로 탄성을 내질렀다.

"와, 이안 님은 언제 또 새로운 스킬을 얻으신 거지?"

"그러게. 에피소드 공략하면서도 저런 스킬은 보여 주신 적이 없었는데…….."

입이 떡 벌어질 정도로 화려한 이안의 전투 장면.

유저들은 감탄을 금치 못했지만, 그 와중에 심기가 불편한 인물도 몇몇 있었다.

'괴물 같은 꼬마 녀석, 대체 그 사이에 새로운 히든 스킬을 어떻게 또 손에 넣은 거냐?'

이안을 아예 닿을 수 없는 존재로 생각하는 다른 유저들과는 달리, 샤크란은 경쟁심을 느끼고 있었던 것이다.

만약 지금 선보이는 히든 스킬들이 본인과 타이탄 길드의 아낌없는 지원 덕분에 얻을 수 있었던 것이라는 사실을 알게 된다면, 샤크란은 배가 아파서 쓰러질지도 모를 일이었다.

'로터스 길드는 저 녀석한테 아예 모든 지원을 몰빵하기라도 하는 건가?'

본인이 지원해 줬다는 사실은 꿈에도 모른 채, 입술을 자근자근 깨물며 속으로 중얼거리는 샤크란이었다.

찰나에 수많은 스킬들을 운용하여 명왕을 압도하는 이안을 보며, 샤크란은 더욱 경쟁심을 불태웠다.

'그래, 꼬마, 더욱 노력해라. 네놈이 강해질수록, 나도 더욱 강해질 테니까.'

정작 당사자인 이안은 샤크란이 강해지든 말든 크게 관심조차 없었지만 말이다.

"흐아아압!"

이안의 입에서 기합성이 울려 퍼지며, 그와 동시에 두 줄기의 뇌전이 허공에서 떨어져 내렸다.

콰릉- 콰콰쾅-!

정령왕의 심판의 고유 능력인 '심판의 번개'가 두 자루의 창극에서 동시에 뿜어져 나온 것이었다.

그런데 번개가 떨어져 내린 자리에는, 터져 나왔어야 할 타격음 대신 희뿌연 먼지만이 퍼지고 있었다.

"……!"

뮤칸이 처음 등장하자마자 보여 주었던 '블링크' 계열의 고유 능력이 발동한 것이다.

"쩝."

이안은 짧게 입맛을 다셨다.

아무리 명왕의 방어력이 높다 하더라도 방금 공격에 격중당했다면 적잖은 피해를 입었을 것이다.

그렇기에 이안으로서는, 아쉽지 않을 수 없었다.

"제법인 애송이로군."

한편 쉴 새 없이 몰아치는 이안의 공격들을 가까스로 막아 낸 뮤칸은 분위기 자체가 달라져 있었다.

'재미있는 유희' 정도로 생각했던 이안과의 전투를 진지하게 받아들이기 시작한 것이다.

스하아아─!

뮤칸의 주변으로 쉴 새 없이 뿜어져 나오는 강력한 어둠의 기운.

이안 또한 그 기운에서 느껴지는 강력함을 충분히 느꼈지만, 그렇다고 해서 여유를 잃지는 않았다.

방금 뮤칸과 합을 겨뤄 보면서, 충분히 해볼 만한 상대라고 느꼈기 때문이었다.

"그냥 맞아 주지, 그걸 치사하게 피합니까?"

이죽거리는 이안을 보며, 뮤칸의 이마에 한 줄기 힘줄이 튀어나왔음은 물론이었다.

"노옴, 그 주둥이를 언제까지 놀릴 수 있나 보겠다!"

뮤칸의 신형이 다시 연기에 휩싸이며, 허공에서 순식간에 사라져 버렸다.

하지만 이안은 이미 이 스킬이 어떤 식으로 발동하는지 파악한 상태였다.

'분명 까다로운 고유 능력이긴 하지만, 예측 가능한 능력에 당해 줄 생각은 없다고.'

뮤칸의 신형이 연기에 휩싸이는 순간, 공간의 또 다른 어딘가에 동시에 연기가 피어올랐다.

그리고 뮤칸이 나타나게 될 위치가 바로 그 자리였기 때문에 이안은 어렵지 않게 대처할 수 있었다.

까앙- 콰콰쾅-!

뮤칸의 언월도가 짓쳐 드는 자리에, 시퍼런 기운에 뒤덮인 두 자루의 방패가 나타났다.

정령왕의 심판과 마찬가지로 에고 웨폰인 '귀룡의 방패'가 뮤칸의 공격을 막아선 것이다.

그런데 그때, 뮤칸의 신형이 또다시 까만 연기에 휩싸이기 시작했다.

스하아앗!

'이번엔 어디냐?'

이안의 등을 타고 한 줄기 식은땀이 흘러내렸다.

이 고유 능력의 쿨타임이 짧다는 건 알고 있었지만, 연속해서 발동이 가능할 줄은 몰랐던 것이다.

하지만 그 놀람은 시작일 뿐이었다.

동시에 연기가 피어오르기 시작한 곳이 무려 일곱 군데이기 때문이었다.

"훼이크?"

이안의 머리가 순간적으로 빠르게 회전하기 시작했다.

연기가 일곱 군데에서 피어오르고 있다는 것은, 그중 어디서 뮤칸이 나타날지 모른다는 말이었으니 말이다.

'아니, 일곱 군데 전부에서 나타날 수도 있어.'

일곱 개의 연기가 이안을 포위하는 형국이었으니 함부로 몸을 움직일 수 없는 상황이었다.

이안은 아랫입술을 살짝 깨물며, 허공에 떠 있던 귀룡의 방패를 낚아채었다.

그리고 그와 동시에, 뮤칸의 사자후가 쩌렁쩌렁 울려 퍼졌다.

"죽어라, 놈!"

이안을 포위한 일곱 군데의 연기 다발에서, 뮤칸의 형상을 한 그림자가 불쑥 솟아올랐다.

이어서 그 일곱 구의 시커먼 그림자들이 이안을 향해 일제히 언월도를 투척하였다.

쐐애애액-!

공간을 찢어 버리기라도 할 듯, 사나운 파공성을 내며 일제히 날아드는 일곱 자루의 언월도.

그리고 그 장면은, 아무리 이안이라 해도 빠져나갈 방법이

없어 보였다.

'셀라무스 전사의 의지' 고유 능력에 붙어 있는 페널티 때문에, 공간 왜곡 스킬조차 발동시킬 수 없는 상황이었으니 말이다.

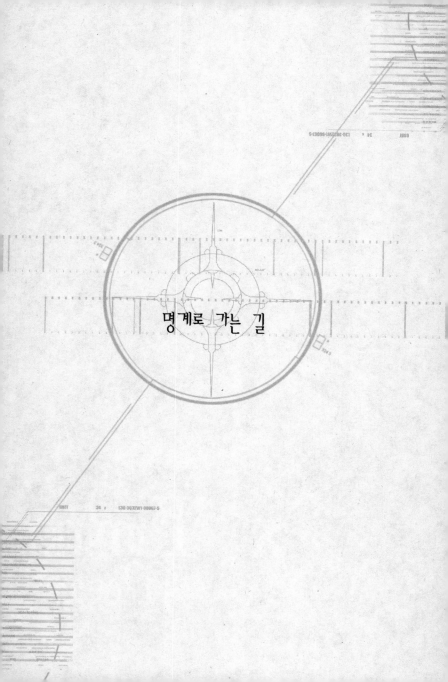

명계로 가는 길

Taming Master

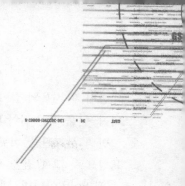

까만 창 자루의 끝에 달린 새하얗게 빛나는 묵직한 창날.

그리고 그 주변에 타오르는 강렬한 보랏빛의 화염.

보는 것만으로도 위압감이 느껴질 정도로 강렬한 힘을 뿜어내는 일곱 자루의 언월도가, 허공을 찢으며 이안을 향해 쇄도했다.

콰아아아!

심지어 언월도를 각각 감싼 보랏빛의 화염들은 공간을 전부 불태우기라도 할 듯 맹렬히 회전하고 있었다.

결계의 바깥에서 그 광경을 지켜보던 로터스의 길드원 하나가 낮게 탄성을 내지르며 눈을 감았다.

"아……."

잠시 후 지옥의 겁화에 불타 바스라질 이안의 모습이 상상되어, 눈을 질끈 감아 버린 것이다.

　반면 샤크란을 비롯한 타이탄의 길드원들은 흥미진진한 표정으로, 그 광경을 지켜보고 있었다.

　'배리어? 아니면, 피닉스의 고유 능력? 뭐로 막아 낼 생각이냐, 이안.'

　이안이 가진 스킬들을 줄줄이 꿰고 있는 샤크란의 머릿속이 빠르게 회전하기 시작했다.

　'그러고 보니 피닉스의 고유 능력은 통하지 않을 수도 있겠군.'

　피닉스의 고유 능력인 태양신의 비호는, 순간적으로 전장에 존재하는 모든 투사체들을 지워 버릴 수 있다.

　하지만 그것은 공격 마법과 같은 스킬에 국한되는 것일 뿐.

　화살이나 투창과 같은 실재하는 물체까지 지워 버리지는 못하는 것이다.

　때문에 만약 일곱 자루의 언월도가 '실물'로 인식되어 버린다면, 태양신의 가호가 발동되더라도 지워지지 않을 것이다.

　물론 언월도를 감싸고 있는 보랏빛의 겁화劫火는, 지울 수 있겠지만 말이다.

　'배리어로 한 개는 막아 낸다고 해도, 나머지 중 절반 이상 피하지 못하면 필사다. 절대로 살아남을 수 없겠지.'

　그리고 모두의 이목이 이안에게 집중된 바로 그때였다.

후우웅—!

이안과 서먼 인카네이션으로 소환된 이안의 분신이 등을 맞댄 채 전방을 향해 양손을 활짝 뻗었다.

"……!"

전장에 있는 그 누구도 예측할 수 없었던, 이안의 돌발행동.

심지어 이안에 대해 가장 잘 알고 있는 인물인 훈이조차도 두 눈을 부릅뜰 수밖에 없었다.

'설마 고작 방패 두 자루로 저걸 다 막아 낼 수 있다고 생각하는 건 아니겠지?'

분신과 이안의 앞에 각각 한 자루씩의 '귀룡의 방패'가 떠올라 있기는 했지만, 그것만으로 일곱 자루의 언월도를 막아 낼 수 있을 리 만무했다.

아무리 방패 막기 실력이 신의 경지에 달했다고 하더라도, 각기 다른 방향에서 날아드는 투사체들을 동시다발적으로 막아 낼 방법은 없는 것이다.

그런데 잠시 후, 그렇지 않아도 커졌던 훈이의 두 눈이, 점점 더 크게 확대되기 시작했다.

허공에 떠오른 두 자루의 방패가 파랗게 빛나는 것을 발견한 것이다.

"귀룡의 혼!"

이안의 입에서 터져 나오는 나직한 시동어와 함께 총 여섯 개의 반투명한 푸른 방패가 허공에 떠올랐다.

그리고 훈이는 자신도 모르게, 작은 목소리로 중얼거렸다.

"맞다, 저게 있었지."

후우웅-!

이안의 전면前面을 제외한 여섯 방향에, 푸른 등껍질들이 동시에 생성되었다.

그리고 그 위치는 정확히 언월도가 쏟아져 들어온 자리였다.

쐐애애액-!

사나운 파공성을 뿜어내며 방패를 향해 날아드는 언월도들.

하지만 커다란 폭발음 같은 것은 없었다.

대신에 무언가 빨려 들어가는 듯한, 소리만이 울려 퍼질 뿐이었다.

스하아아-!

방패에 닿은 언월도들은 모든 힘을 푸른 기운에 빼앗긴 채 힘없이 바닥으로 떨어져 내렸다.

툭- 투투툭-

그리고 일곱 자루의 언월도 중 유일하게 방패에 막히지 않은 한 자루의 언월도는…….

콰아앙-!

강렬한 폭발음과 함께, 이안이 들고 있던 '귀룡의 방패'에 가로막혔다.

그그그극-!

이어서 그 강렬한 힘을 막아 낸 이안의 신형이, 뒤로 1미터 정도 밀려 나갔다.

얼마나 강한 공격이었는지, 이안의 몸이 밀려 나간 자리를 따라 바닥마저 움푹 패여 있었다.

하지만 그뿐.

이안의 생명력 게이지는 멀쩡하기 그지없었다.

그리고 이안의 눈앞에 떠올라 있는 수많은 시스템 메시지들은 지금의 상황을 정확히 설명해 주고 있었다.

-'귀룡의 방패'의 고유 능력 '귀룡의 혼'을 발동시켰습니다.

-'귀혼'의 생성 위치를 설정합니다.

-'귀혼'이 생성됩니다.

-분신(A)가 '귀룡의 방패'의 고유 능력, '귀룡의 혼'을 발동시켰습니다.

-'귀혼'의 생성 위치를 설정합니다.

-'귀혼'이 생성됩니다.

-'귀룡의 혼'이 '명왕의 창'을 막아 내었습니다.

-'귀룡의 혼'이 '명왕의 창'을 막아 내었습니다.

-'귀룡의 혼'이 '명왕의 창'을 막아 내었습니다.

······중략······

-'방패 막기'가 발동합니다.

-'명왕의 창'을 완벽히 방어하였습니다.(피해 흡수 95.57퍼센트)

-166,125만큼의 피해를 입었습니다.

라이브로 생방송을 하지 않는 모든 경우에, 이안의 개인 영상을 가장 먼저 보는 사람은 바로 소진이었다.

로터스 길드의 전속 영상 편집 디자이너이자 이안의 개인 엔지니어인 그녀에게, 이안의 모든 개인 영상이 즉시 송출되기 때문이다.

그리고 카일란 마니아인 소진에게, 이것은 소소한 즐거움이라 할 수 있었다.

카일란 한국 서버에서 가장 핫하다고 할 수 있는 유저인 이안의 개인 화면을 날것 그대로 볼 수 있는 유일한 사람이 바로 그녀였으니 말이다.

오늘도 소진은 작업실에 앉아 이안의 영상을 시청 중이었다.

물론 그냥 시청하는 것은 아니었다.

영상을 시청함과 동시에, 최고의 '상품'으로 만들어 내는 것이 그녀의 일이었으니 말이다.

작업 모니터에 이안의 개인 영상을 띄워 놓은 소진은, 순간적으로 영상을 멈춘 뒤 눈을 동그랗게 뜨고 중얼거렸다.

"헐……. 잠깐! 이 부분은 무조건 슬로우 모션으로 처리해야 되겠어!"

개인 영상과 촬영 영상의 가장 큰 차이는 스킬 운용 과정의 노출 여부라 할 수 있다.

예를 들어 화염구를 날리는 간단한 논타깃 스킬을 발동시키는 장면이 있다고 가정했을 때, 촬영 영상에는 그저 쏘아지는 화염덩어리만이 나타날 것이다.

하지만 개인 영상은 다르다.

유저의 편의를 위한 모든 인터페이스가 노출되는 개인 화면에는 화염구가 발사되기 전에 표시되는 예측 경로까지 전부 다 떠오르는 것이다.

그리고 지금 이안의 개인 화면도 마찬가지였다.

이안이 가진 에고 웨폰중 하나인 귀룡의 방패.

이 방패의 고유 능력인 '귀룡의 혼'이 발동되는 과정도, 이안의 개인 화면에서는 전부 다 볼 수 있었다.

영상을 되감기하여 느리게 재생한 소진은 '귀룡의 혼' 고유 능력의 상세 정보를 듀얼 모니터에 따로 띄워 보았다.

*귀룡의 혼
귀룡의 혼과 교감하여 원하는 위치에 즉각적으로 방패의 분신을 소환할 수 있게 된다.
소환된 분신은 3초간 모든 투사체를 흡수하며, 15초 동안 사라지지 않고 유지된다.
-한 번에 최대 세 곳에 분신을 소환할 수 있습니다.
-아이템을 장비하고 있지 않아도 사용이 가능합니다. (단, 인벤토리에 보유 중 이어야만 함.)
-귀룡의 혼이 유지되는 동안, 모든 소환수들의 생명력이 초당 1퍼센트

이제 소진이 해야 할 일은, 이안의 전투 화면이 최대한 화려하고 감탄스럽게 보이도록 편집하는 것.

그를 위해서는 시청자들의 스킬 이해를 먼저 돕는 것이 필수였다.

"자, 정보 창의 중요한 부분부터 살짝 강조해 주고…….."

영상의 좌측에 '귀룡의 혼' 스킬 정보를 띄운 소진이, 이번에는 영상의 재생 속도를 더욱 느리게 만들었다.

이안이 스킬들을 발동시키는 장면을 더욱 정확하게 보여 주기 위해서였다.

-위잉- 위잉- 윙- 위잉-!

영상이 느려지자, 사운드 또한 느릿하게 흘러나왔다.

그리고 영상을 지켜보던 소진은 다시 한 번 혀를 내두를 수밖에 없었다.

화면이 느려지자, 영상에서 놓쳤던 수많은 부분들이 눈에 들어왔기 때문이었다.

"헐, 이거 분신 위치까지 일일이 설정해야 되는 스킬이었어?"

빠른 화면으로 볼 때는 그저 한 번에 발동되는 것으로 보였던 스킬이, 알고 보니 복잡한 발동 과정을 가지고 있었던 것이다.

"먼저 본체의 스킬을 발동시키고, 세 곳의 좌표를 찍은 다음, 분신의 스킬을 발동시켜서 나머지 세 군데의 좌표를 찍은 거였구나. 세상에⋯⋯."

위의 스킬 정보에도 명시되어 있지만, '귀룡의 혼'으로 만들어 낼 수 있는 분신은 세 개에 불과하다.

이안이 여섯 개의 푸른 방패를 소환해 낼 수 있었던 이유는, 분신이 가지고 있던 방패의 고유 능력까지 동시에 발동시켰기 때문이었던 것이다.

심지어 이 일련의 과정을 플레이하는 데 걸린 시간은⋯⋯.

−0.72 Sec.

정확히 0.72초.

영상의 재생 게이지 위에 떠오른 숫자를 확인한 소진은 감탄을 하지 않을 수 없었다.

"이 짧은 시간에 이걸 다 해내다니⋯⋯. 게다가 좌표까지 전부 다 자로 잰 것처럼 정확하잖아!"

소진은 마치 뭐에 홀리기라도 한 듯, 영상을 반복해서 돌려 보기 시작했다.

그리고 같은 부분을 몇 번 돌려 본 소진은, 잠시 후 영상 편집 작업 계획을 구상해 낼 수 있었다.

오늘 편집 작업이 끝나고 난 뒤 유캐스트에 올라가게 될 영상 말이다.

'일단 제목은 이안vs명왕 정도면 괜찮을 것 같고…….'

소진은 그야말로 심혈을 기울여서, 영상 안에 담긴 모든 소스들을 쥐어짜 낼 생각이었다.

예상하는 완성 영상의 러닝 타임은, 대략 10여 분 정도.

하지만 사용할 원본 영상의 길이는 무척 짧을 예정이었다.

전투 영상의 하이라이트라 할 수 있는 2분 정도의 짧은 부분을 가지고, 최대한 강렬하게 편집할 생각이었으니 말이다.

'그래, 이 포인트만 잘 잡아도……. 충분히 백만 뷰 정도는 찍어 줄 영상을 만들어 낼 수 있을 거야.'

소진이 생각하기에 이 영상에서 가장 중요한 포인트는 무려 여섯 개나 되는 방패의 분신들을 정확한 자리에 소환해 내는 이안의 반사 신경과 컨트롤 능력이었다.

어차피 이안의 당부 때문에 진행 중인 퀘스트와 콘텐츠에 관한 내용은 영상에 담지 못하는 상황이기도 했으니까.

'여긴 이렇게 강조하면 될 것 같고, 이 부분은 살짝 편집해 버리자.'

한 번 뻴이 꽂히기 시작하자, 땀까지 뻘질뻘질 흘리며 작업에 열중하는 소진이었다.

덕분에 블록버스터 액션 영화의 '예고편' 같은 강렬하고 멋진 영상이 점점 완성되기 시작하였다.

딸깍, 딸깍.

적막한 소진의 작업실 안에서, 그녀의 마우스 클릭하는 소리만이 연달아 울려 퍼졌다.

그동안 중천에 떠 있던 해는 뉘엿뉘엿 저물어 갔지만, 컴퓨터 앞에 앉은 소진의 자세는 놀랍도록 한결같았다.

그렇게 시간이 얼마나 흘렀을까?

"웃차!"

영상 편집에 몰입해 있던 소진의 입에서, 짧은 탄성이 새어 나왔다.

드디어 만족할 만한 퀄리티의 영상을 뽑아내는 데 성공한 것이다.

"후후, 이 정도면 이안 님도 만족하시겠지?"

소진은 메일을 열어, 이안에게 편집된 영상을 전송하였다.

어쨌든 유캐스트에 업로드하기 전에, 저작권자의 허락은 떨어져야 하기 때문이었다.

"자, 그럼, 회신이 올 때까지 남은 영상이나 계속해서 시청해 볼까?"

한차례 크게 기지개를 켠 소진이, 의자를 한껏 젖혀 몸을 파묻은 채 영상을 시청하기 시작했다.

그리고 소진의 모니터에서는 그녀가 편집한 영상의 뒷내용이라고 할 수 있는 이안과 명왕의 전투 영상이 이어져 송출되었다.

"크, 뒷부분에도 쓸 만한 소스가 넘쳐나네. 역시 이안 님 영상은 한 군데도 버릴 게 없단 말이지."

동시에 여섯 개의 방패를 소환하여 언월도를 막아 내는 것만큼 이펙트가 강렬하지는 않았지만, 충분히 화려하고 흥미진진했다.

　소진은 마치 모니터에 빨려 들어가기라도 할 듯, 정신없이 영상을 시청하고 있었다.

　"오오, 라이! 역시 펜리르가 근접 공격력 하나는 어마어마하단 말이야."

　어지럽게 전환되는 이안의 개인 화면을 따라잡기 위해, 소진의 눈동자가 정신없이 사방으로 움직였다.

　그런데 그렇게 15분 정도 영상이 흘러갔을까?

　"뭐, 뭐지……?"

　쉴 새 없이 움직이던 소진의 두 눈동자가 순간적으로 초점을 잃은 채 가늘게 떨리기 시작했다.

　그녀의 시선은 아직도 모니터에 고정되어 있었지만 송출되는 화면은 까맣게 변해 있었던 것이다.

　그리고 잠시 후, 소진의 입에서 믿을 수 없다는 듯한 목소리가 흘러나왔다.

　"이안 님이…… 죽었다고……?"

　누가 보아도 눈이 휘둥그레질 만큼 화려하고 아슬아슬한

명왕과 이안의 전투.

샤크란 또한 이안의 전투를 무척이나 흥미진진하게 보고
있었다.

'명왕이라……. 과연 그 이름값은 하는 NPC라는 말이지.'

이안도, 명왕도 강력해서 둘 중 누가 이기더라도 전혀 이
상할 것 같지 않은 상황.

그리고 샤크란의 입장에서는 누가 이겨도 상관이 없었기
에, 여유롭게 전투를 보고 있을 뿐이었다.

물론 그렇다고 해서 설렁설렁 보는 것은 아니었다.

명왕의 모든 스킬들과 공격 패턴, 전투 방식들을 최대한
머릿속에 집어넣고 있었으니 말이다.

샤크란은 바로 어제, 이안과의 대화를 살짝 떠올려 보았다.

"꼬마, 이제 약속은 어떻게 이행할 생각이지?"

"어떻게 이행하기는요. 명왕인지 뭐시긴지 불러서, 명계
로 가는 길 열어야죠."

"명왕이라는 놈이 명계로 가는 길을 열어 줄 수 있는 건
확실한 부분인가?"

"그건 아마 확실할 겁니다. 카카의 머릿속에서 나온 지식
이니까요."

"흠, 그렇군."

"다만 한 가지 걱정되는 게 있긴 합니다."

"그게 뭐지?"

"이 명왕의 목걸이, 이게 소모성 아이템이라서요."

"......?"

"명왕의 목걸이로 명왕을 소환할 수 있는 횟수는 단 세 번. 그 안에 명계로 가는 길을 열지 못하면, 무척이나 곤란한 상황이 되겠죠."

"흐음....... 명왕이 명계로 가는 길을 순순히 열어 주지 않을까 봐 그러는 거냐?"

"그렇죠. 물론 세 번의 기회 안에 명계로 가는 길을 열 수 있다면 아무런 문제가 없겠지만, 만약 세 번 다 실패하면 약속을 이행할 수 없게 되어 버리니까요."

"하긴. 아직 접해 보지 않은 콘텐츠니 성공을 속단할 수는 없겠지."

"그래서 말입니다."

"음?"

"제가 제안을 하나 해 볼까 합니다."

"말해 봐라, 꼬마."

"이 세 번의 기회 중 한 번을 아재한테 드리겠습니다."

"오호?"

"물론 제가 처음부터 명계로 가는 길을 열어 버린다면 그대로 계약 이행이 되는 것이겠지만, 만약 실패할 경우 두 번째 트라이는 타이탄 쪽에 넘기도록 하지요."

"그거 괜찮은 딜이군."

"대신, 그것으로 우리 사이의 빚은 청산하는 걸로 하는 겁니다."

"그래. 그러도록 하지."

명왕의 목걸이에 부여되어 있는 세 번의 기회.

그리고 이안과 샤크란은 그 기회 중 각 한 번씩을 타이탄과 로터스가 나눠 갖기로 했다.

그렇다면 남은 마지막 한 번의 기회는?

그것은 이안과 샤크란, 두 명 모두가 실패했을 때 다시 이야기해 보기로 잠정 결정되어 있는 상황이었다.

'후후, 차라리 꼬마 녀석이 실패하는 게 나에겐 더 좋을 수도 있겠군.'

명왕과 이안의 전투를 지켜보면서 샤크란은 점점 더 확신이 생기고 있었다.

명왕이 분명 강하기는 하지만, 충분히 이길 수 있을 것 같다는 자신감이었다.

그리고 그 자신감에는 충분한 근거가 있었다.

지금까지 전투를 지켜보면서, 명왕 뮤칸이 사용하는 모든 스킬들을 분석하고 나름대로 파훼법을 생각해 놓은 것이다.

'그러니까 꼬마야, 좀 힘들면 일찌감치 포기해도 된다고.'

샤크란은 씨익 웃으며, 명왕의 목걸이를 만지작거렸다.

명왕의 목걸이

분류 : 잡화   **등급 : 신화**

명계의 다섯 번째 왕 명왕 뮤칸의 목걸이.

인세에 떠돌아다니고 있다는 세 개의 파편을 모아 완성할 수 있으며, 강력한 망자의 힘을 담고 있다 전해지는 신화 속의 목걸이입니다.

이 목걸이를 가지고 있으면 명왕 뮤칸을 인세로 소환할 수 있으며, 만약 당신이 그의 시험을 통과한다면 그는 당신에게 강력한 힘을 선물할 것입니다.

*명왕의 목걸이를 보유하고 있을 시 어둠 마력의 최대치가 25퍼센트만큼 증가합니다.

*명왕의 목걸이를 보유하고 있을 시 모든 어둠 계열 마법의 캐스팅 속도가 15퍼센트만큼 빨라집니다.

*명왕의 목걸이는 세 번 사용하면 그 힘을 잃게 됩니다. (목걸이를 세 번 전부 사용할 시 다시 세 개의 파편으로 분해되어 인간계 어딘가로 흩어집니다.)

−현재 사용 가능한 횟수 (2/3)

−재사용 대기 시간 : 359:15:27

명왕의 목걸이를 사용하기 위해 남은 횟수는 이제 두 번.

만약 이안이 여기서 실패한다면, 이제 샤크란 본인의 차례가 올 것이었다.

'후후, 기회가 좀 왔으면 좋겠는데.'

보름이나 되는 재사용 대기 시간이 있기는 했지만 그것은 상관없었다.

어차피 할 일은 쌓여 있었고, 그 보름 동안 명왕을 상대하기 위한 더욱 만반의 준비를 하면 되니 말이다.

이안이 명왕을 이겨 명계로 가는 길이 바로 열린다면, 조금이라도 빨리 새로운 콘텐츠를 접할 수 있어서 좋은 일이고, 만약 이안이 져서 자신에게 기회가 돌아온다면, 명왕과의 전투에서 승리함으로 인해 생기는 부수입과 명성들 때문에 더욱 좋은 일이 될 것이다.

이런저런 생각을 하던 샤크란이 더욱 집중해서 전투를 지켜보기 시작했다.

그리고 그렇게 10분 여 정도가 더 지났을까?

고오오오-!

한창 이안과 막상막하로 겨루고 있던 명왕의 기세가 갑자기 일변하였다.

"놈, 제법이구나! 그렇다면 어디, 이번에도 한번 버텨 보거라!"

명왕 뮤칸을 중심으로, 강렬한 어둠의 회오리가 소용돌이치기 시작하였다.

-명왕 뮤칸의 고유 능력. '사령의 포효'가 발동합니다.

-'경직' 상태가 되었습니다.

-이동속도가 일시적으로 10퍼센트만큼 감소합니다.

-모든 전투 능력이 일시적으로 5퍼센트만큼 감소합니다.

-명왕 뮤칸의 모든 전투 능력이 15퍼센트만큼 증가합니다.

-모든 어둠 속성 스킬의 공격력이 20퍼센트만큼 증가합니다.

……중략……

-모든 소환물들의 전투 능력이, 50퍼센트만큼 감소합니다.

뮤칸을 중심으로 솟구치던 어둠의 회오리가 사방으로 퍼져 나가는가 싶더니, 종래에는 그의 흑갑으로 전부 스며들어 갔다.

그리고 슬쩍 보는 것만으로도 헉 소리가 날 만한 어마어마한 버프와 디버프의 향연이 시스템 메시지를 통해 펼쳐지기 시작했다.

특히 마지막에 떠오른 한 줄의 메시지는…….

'제기랄. 이거 완전 소환술사 저격 디버프잖아? 모든 전투 능력 40퍼센트라니, 이런 말도 안 되는……!'

소환술사인 이안의 입장에서 너무나도 크리티컬한 디버프라고 할 수 있었다.

그나마 개인의 전투 능력이 어지간한 전사보다 뛰어난 이안이기에 타격이 덜한 것이지, 만약 일반적인 소환술사였더라면 이 디버프를 확인한 순간 그대로 자포자기해 버렸으리라.

디버프의 수치들을 정확히 점검한 이안은, 마른침을 삼키며 검병을 고쳐 쥐었다.

'후우, 어쩐지. 예상했던 것보다 너무 쉽다 했지.'

이안의 두 눈이 잠시 뮤칸의 머리 위를 향했다.

그리고 그곳에 떠올라 있는 생명력 게이지는, 정확히 절반 정도까지 떨어져 있었다.

'이대로만 계속 갔으면 어렵지 않게 이길 수 있었는데…….'

물론 이안 자신도 아직, 모든 것을 보여 준 상태는 아니었다.

위기 상황을 대비해 아껴 뒀던 고유 능력도 있었으며, 사용했던 셀라무스의 스킬들과 버프들도 재사용 대기 시간이 돌아온 상황이었다.

특히 카카의 장판 스킬은 최후까지 아껴 놓고 있는 중이었다.

'어떡하지? 여기서 승부를 걸어야 하나. 아니면…….'

언월도를 위협적으로 휘두르며, 천천히 이안을 향해 다가오는 뮤칸.

놈을 상대로 계속해서 버티려면, 이제 남은 패를 하나씩 꺼내 드는 수밖에 없다.

'하지만 너무 일러. 지금부터 전력투구를 하다 보면……. 분명 뮤칸의 생명력이 다 닳기 전에 내 버프들이 전부 꺼져 버리고 말 거야.'

저벅저벅.

뮤칸의 나직한 발소리만이 울려 퍼지는 고요한 전장의 한복판.

이안은 블러디 리벤지의 검병을 꾹 말아 쥔 채 뮤칸을 뚫어져라 노려보았다.

'내가 만약 여기서 실패하면, 샤크란 아재는 성공할 수 있을까?'

만약 샤크란이라도 명왕을 잡는 데 성공한다면, 그나마 다행이라고 할 수 있었다.

어쨌든 명계로 가는 길은 열 수 있으니 말이다.

물론 명왕을 처치함으로 인해 얻게 될 명성을 비롯한 각종 보상들은 아깝겠지만, 그래도 크게 의미 둘 만한 것들은 아닌 것이다.

'으, 목걸이 횟수 남겨서 훈이한테 선물하기로 했는데.'

1초, 1초.

시간이 지나갈수록 더욱 맹렬히 회전하기 시작하는 이안의 두뇌.

그런데 바로 그때였다.

"……!"

이안의 머릿속을 번개같이 스치고 지나가는 것이 하나 있었다.

'가만, 그러고 보니 이거 말도 안 되게 쉬운 방법이 하나 있었잖아?'

어떻게든 명왕을 이겨야겠다는 생각 때문에 지금까지 고려조차 하고 있지 않았던, 대체 왜 지금까지 생각하지 못했나 싶을 정도로 허탈하고 쉬운 방법이 머릿속에 퍼뜩 떠올랐다.

이안은 말려 올라가려던 입꼬리를 꾹 누른 채, 이전까지와 다름없이 명왕을 노려보기 시작했다.

'저 꼬마가 왜 저러지? 실성이라도 한 건가?'

뮤칸의 고유 능력인 사령의 포효는 이안에게만 영향을 끼친 것이 아니었다.

디버프의 범위가 얼마나 넓은 건지 맵 전체에 있던 거의 모든 유저들에게까지 영향을 미친 것이다.

때문에 샤크란의 눈에는 이안에게 걸린 모든 디버프의 효과가 똑같이 보이고 있었다.

그리고 그것은 샤크란이 생각하기에도 답이 없을 정도로 어마어마한 디버프들이었다.

그러니 이안의 입꼬리에 슬쩍 걸려 있는 웃음이 의아할 수밖에 없는 것이다.

'차라리 내가 저 자리에 있었다면, 좀 더 나앗겠지.'

샤크란의 한쪽 입꼬리가 슬쩍 말려 올라갔다.

이렇게 되면 본인이 생각하고 있던 최상의 시나리오로 전개될 확률이 높아진 것이다.

'꼬마 녀석이 실패할 확률이 높아졌군. 나도 물론 쉽진 않겠지만, 적어도 저 녀석보단 내 상황이 더 나을 테니까.'

가장 크리티컬한 부분인 소환수의 전투 능력을 깎는 디버프가 샤크란에게는 별다른 타격이 없는 것이었으니 말이다.

'꼬마 녀석, 아예 포기해 버린 건가?'

샤크란이 이런저런 생각을 하는 동안, 이안의 입에 걸려 있던 웃음은 찰나지간에 다시 지워졌다.

그리고 그 자리에는 다시 예의 그 진지한 표정이 채워졌다.

타탓- 탓-!

경쾌한 발소리와 함께, 이안의 신형이 전방을 향해 튀어나갔다.

이어서 이안의 주변으로, 정확히는 이안의 옆에 떠 있는 카카의 주변으로 새카만 연기가 퍼져 나가기 시작했다.

그것을 확인한 샤크란이 작은 목소리로 중얼거렸다.

"꿈꾸는 몽마라……. 승부수를 거는군, 꼬마."

하지만 샤크란이 보기에, 지금 이안이 보여 주는 것은 회광반조回光返照와 같은 것이었다.

해가 지기 직전, 잠깐 동안 밝아지는 하늘.

이대로라면 이안이 명왕을 이기는 것은 사실상 불가능했고, 죽기 전의 마지막 발악으로 보인 것이다.

그리고 잠시 후.

"수고했다, 인간. 이제 그만, 저승으로 보내 주마."

나직한 뮤칸의 목소리가 울려 퍼지며, 그의 언월도가 이안의 머리 위에 떨어져 내렸다.

콰쾅- 콰콰쾅-!

그리고 그것이 이 전투의 마지막이었다.

솔직히 말하자면, 승산은 반반이었다.

'아니, 사실 이길 수 있는 확률이 훨씬 높았지.'

물론 '사령의 포효'가 지속되는 동안 만큼은, 이안이 뮤칸을 이길 수 있는 방법이 전무하다고 할 수 있었다.

하지만 '지지 않을 자신'이 있었다.

공격을 아예 도외시한 채 생존 스킬만으로 버텨 내면 되는 것이다.

그리고 '사령의 포효' 스킬의 지속 시간 동안만 살아남을 수 있다면, 그 뒤는 충분한 승산이 있었으니 말이다.

'배리어, 강하. 공간 왜곡…… 생존기야 충분히 많으니까.'

하지만 이안은 그러지 못했다.

아니, 그러지 않았다.

우우웅-!

낮은 공명음과 함께, 어두워졌던 시야가 천천히 밝아졌다.

이어서 이안의 눈앞에 새로운 시스템 메시지가 떠올랐다.

띠링-!

-명왕 뮤칸의 공격으로 사망하셨습니다.

-'영혼의 속박' 효과가 발동합니다.

-데스 페널티(24시간 접속 불가)가 적용되지 않습니다.

-경험치가 감소하였습니다.

-레벨이 1레벨 하락합니다.

-'죽은 자' 상태가 되셨습니다.

- '죽은 자' 페널티 : '언데드' 상태가 되어 사흘간 명계에 갇히게 됩니다(언데드 상태인 동안, 경험치와 아이템을 획득할 수 없습니다).

-다시 눈을 뜹니다.

시스템 메시지가 떠오르고 2초 정도가 지났을까?

까맣게 변했던 이안의 시야가 다시 조금씩 밝아지기 시작했다.

'음, 여기는 명계인가?'

하지만 이안의 눈에 들어온 풍경은 너무도 익숙한 곳이었다.

지난 한달간 거의 살다시피 했던 곳.

팔카치오 왕성의 첨탑이 먼저 눈에 들어온 것이다.

'……!'

당황한 이안은 곧바로 주변을 둘러보았다.

전투에서 승리한 명왕은 명계로 돌아갔는지 어디에도 보이지 않았고, 자신을 둘러싼 수많은 유저들만이 눈에 들어왔다.

그런데 다음 순간, 이안은 자신도 모르게 헛바람을 들이킬 수밖에 없었다.

이안이 서 있는 바로 앞에, 본인의 시체가 누워 있었던 탓이었다.

'아 씨, 깜짝아.'

유체이탈을 경험한다면 이런 기분일까?

순간 온몸에 소름이 돋은 이안은 몸을 부르르 떨었다.

"이런 것까지 이렇게 현실감 넘치게 구현해 놓을 필요는 없잖아."

괜히 한차례 투덜거린 이안은 바로 근처에서 멍한 표정을 짓고 있는 훈이를 향해 슬쩍 다가가 보았다.

소름 돋은 것은 소름 돋은 것이고, 그것과 별개로 호기심과 장난기가 발동했기 때문이었다.

'훈이 녀석을 한번 놀려 줘 볼까?'

말 그대로 '유령'이 된 탓인지 유저들은 이안을 볼 수 없는 듯했다.

훈이의 뒤로 다가간 이안이 그를 향해 손을 훅 하고 뻗었다.

스르륵.

하지만 아쉽게도 이안의 반투명한 손은 훈이를 만질 수 없었다.

-'죽은 자' 상태에서는 물리력을 행사할 수 없습니다.

"쩝……."

입맛을 다신 이안은, 주변을 다시 둘러보았다.

이곳에서 할 수 있는 일이 아무것도 없다는 것을 깨달았으니, 명계로 가는 방법을 찾아야 하지 않겠는가.

그런데 이안이 고개를 돌리려던 바로 그 순간이었다.

-망자亡者 이안 로터스, 맞나?

이안의 귓전으로, 무미건조한 누군가의 목소리가 들려왔다.

귀를 통해서 들려왔다기보다는, 마치 머릿속 전체에 울려 퍼지는 듯한 느낌이었다.

이안은 반사적으로 그 방향을 향해 고개를 돌렸고, 그곳에는 거대한 검정색 갓을 쓴 의문의 사내가 나타나 있었다.

마치 투명한 계단을 밟고 내려오기라도 하듯 하늘에서 천천히 이안을 향해 내려오는 남자.

그리고 그를 발견한 순간, 이안은 저도 모르게 헛바람을 들이키며 중얼거렸다.

"헉, 저승사자!"

이안이 놀란 이유는 간단했다.

남자의 행색이 무척이나 익숙했기 때문이었다.

검정색 갓과 더불어 새카만 도포를 걸친, 동양의 설화 속에 등장할 법한 익숙한 행색을 한 사내.

온몸으로 '나 저승사자요'를 외치고 있는 그 남자는, 이안의 반응에 오히려 흠칫 놀라는 표정이 되었다.

ㅡ그대는 나를 어찌 알지?

"에……?"

ㅡ네놈의 정체가 무엇이냐!

저승사자의 물음에, 이안은 어이없는 표정이 되어 반문했다.

"나 아저씨 처음 보는데요. 나 아저씨 몰라요."

-방금 '저승사자'라고 하지 않았나.

"아, 그……렇죠?"

-내가 저승사자인 것을 어찌 알았느냐 묻는 것이다.

"그야……."

-……?

"너무 저승사자같이 생겼잖아요."

-……!

각자 어처구니없는 표정이 된 채로, 아무 말 없이 서로를 응시하는 두 사람. 아니, 귀신이었다.

먼저 다시 입을 연 것은, 저승사자 쪽이었다.

-흐음, 혹시 '전생을 기억하는 자'는 아니겠지?

"그게 뭔데요?"

-아, 아니다. 인간. 일단 나를 따라오도록.

고개를 절레절레 저은 저승사자가 허공을 향해 한 번 손을 저었다.

그러자 아무것도 없는 공간에 균열이 일기 시작했다.

우웅- 우우웅-!

공간이 일그러지며 생겨난 보랏빛의 차원의 포털.

멀뚱한 표정으로 그것을 보고 있는 이안을 향해 저승사자가 무미건조한 표정으로 손짓했다.

-여기로 들어가도록.

"저 안에 뭐가 있는데요?"

-죽은 자들의 안식처.

"명계인가요?"

-……!

저승사자의 무미건조했던 표정이 또 한 번 작게 경련했다.

하지만 곧 평정을 찾은 저승사자가, 이안을 향해 다시 입을 열었다.

-잔말 말고 일단 들어가도록.

"그, 그러죠, 뭐."

고개를 끄덕인 이안이, 망설임 없이 포털 안으로 걸음을 옮겼다.

그러자 보랏빛의 기운이 새어 나오더니 이안을 그대로 집어삼켰다.

잠시 그 모양을 지켜보던 저승사자는 복잡한 표정으로 천천히 그 뒤를 따라 들어갔다.

-수상한 놈이야.

그리고 저승사자까지 포털 안쪽으로 들어서자, 커다랗게 생성됐던 보랏빛 포털은 거짓말처럼 사라져 버렸다.

띠링-!

-최초로 '명계'에 입장하셨습니다.

-'죽은 자' 상태이므로 최초 발견 보상이 적용되지 않습니다.

-최초로 '명계'를 발견하셨습니다.

-명성을 10만 만큼 획득합니다.

-'명계'에서는 '죽은 자' 상태에서도 물리력을 행사할 수 있습니다.

-차원 타입, '중간계'에 입장하셨습니다.

-'지상계'에서의 모든 능력치가 재구성됩니다.

-'초월 레벨'이 적용됩니다.

완전히 새로운 차원계, 심지어 그중에서도 '중간계' 타입의 차원에는 처음 입성하는 것이다 보니, 이안의 눈앞에는 시스템 메시지가 수도 없이 떠올랐다.

'흐으, 첫 중간계 입성을 이런 식으로 하게 될 줄이야.'

이안이 '일부러' 명왕에게 죽은 데에는, 당연히 그럴 만한 이유가 있었다.

그리고 그것은, 지극히 계산적이고 치밀한 것이었다.

'타이탄 길드와의 계약을 불이행한 건 아니니까……. 난 잘못한 게 없다고.'

'죽은 자' 상태로 명계에 오게 되는 것.

이것은 사실, 제법 리스크가 있는 페널티였다.

24시간 동안 로그인할 수 없는 죽은 자 페널티가 적용되지 않는다 뿐이지, 1레벨 다운 페널티는 똑같이 적용되니 말이다.

게다가 경험치나 보상을 얻을 수 없는 채로 명계에 갇혀 있어야 하는 시간이 사흘이나 되다 보니, 사실상 일반적인 데스 페널티보다 더 나쁜 것이라 할 수 있었다.

하지만 그것은 '일반적인 경우에 한해' 그런 것일 뿐.

'나한텐 차원의 구슬이 있으니까…….'

이안은 한 번 가 본 곳에는 어디든 차원의 문을 열 수 있는 차원의 구슬을 가지고 있다.

맵이 밝혀져 있고 좌표만 있으면 언제든 차원의 문을 열어 이동할 수 있으니, 이안은 사흘만 지나면 죽은 자 페널티 없이 이곳에 올 수 있게 되는 것이다.

'명왕의 목걸이 재사용 대기 시간은 십오 일. 만약 샤크란 아재가 명왕을 이길 수 있다고 쳐도, 내가 십이 일은 먼저 명계에 들어설 수 있게 된다는 말씀!'

그렇다고 해서 샤크란과의 계약을 어긴 것도 당연히 아니었다.

어쨌든 그에게도 '명계에 올 수 있는 기회'는 제공한 것이었으니까.

다만 아주 조금 미안하기는 했기 때문에, 메소드 연기를 펼친 것이었다.

최선을 다했지만 어쩔 수 없이 죽은 것으로 포장해 두어야 샤크란의 빈정이 상하지 않기 때문이다.

'그래도 명왕이 강력해서 다행이였어. 명왕이 너무 약했더라면 연기도 할 수 없었을 테니 말이야.'

명왕을 떠올리며 한차례 씨익 웃어 보인 이안은 털레털레

걸음을 옮기기 시작했다.

'죽은 자' 페널티를 받게 되는 사흘이라는 시간도, 허투루 보낼 생각은 전혀 없었으니까.

이안은 사흘 동안 명계를 샅샅이 뒤진 뒤, 최대한 많은 콘텐츠를 파악해 놓을 생각이었다.

'최고 효율 사냥터, 선점할 수 있는 아이템. 알 수 있는 건 죄다 알아 놔야겠어. 차원의 포털을 열기 가장 좋은 위치도 좌표로 찾아 놔야겠고…….'

머릿속으로 이런저런 계획들을 떠올린 이안은, 히죽히죽 웃으며 전방을 살펴보았다.

그리고 그의 시야에 가장 먼저 들어온 것은 끝이 보이지 않는 커다란 강과 작은 나룻배 한 척이었다.

"저걸 타면 되는 건가?"

중얼거리며 나룻배를 향해 조심스레 움직이는 이안.

그런데 잠시 후, 이안의 계획에 커다란 차질(?)이 생기기 시작했다.

그를 방해하는 인물이 나타난 것이다.

─어이, 인간. 어딜 그렇게 마음대로 움직이는 거야?

이안의 시선은 반사적으로 소리가 난 방향을 향해 움직였고, 그곳에는 어처구니없다는 듯한 표정이 된 저승사자가 우두커니 서 있었다.

"에? 아저씨는 여기 왜 있어요?"

-음?

"여기 저승 아니에요?"

-맞지.

"저승까지 데리고 왔으면, 아저씨 할 일은 끝난 거 아녜에요?"

이안의 논리 정연한 의문에, 순간 저승사자는 말문이 막히고 말았다.

-그, 그런가……?

그리고 그런 그를 향해 이안이 다시 말을 잇기 시작했다.

"아저씨 바쁘죠?"

-나?

"네. 나 말고도 죽은 사람 많을 거 아녜요. 그 사람들 데리러 가야지."

이안의 말에 품 속에서 뭔가 누런 종이를 꺼내 든 저승사자가, 고개를 끄덕이며 대답했다.

-그렇다. 오늘 할 일이 좀 많긴 하군.

"이제 난 신경 쓰지 마시고, 다음 일 하러 가세요."

-그, 그럴까?

"네. 난 저 배 타고 알아서 가 볼게요. 알겠죠?"

계획에 차질이 생기는 것을 방지하기 위해 저승사자를 설득한 이안은, 휘적휘적 걸음을 옮겨 나룻배에 올라탔다.

이어서 멍한 표정이 되어 있는 저승사자를 향해 손을 휘휘

저으며 크게 소리쳤다.

"수고하세요, 아저씨. 다음에 보면 밥이나 한 끼 해요!"

이안과의 대화로 무척이나 혼란스러워진 저승사자는 멍한 표정으로 그의 뒤를 응시하고 있었다.

그리고 그동안 배에 올라탄 이안은 서둘러 노를 저어 강을 건너기 시작했다.

－뭐. 뭔가 이상한데……?

벙 찐 표정으로 멀어지는 나룻배를 응시하는 저승사자.

그의 낮은 중얼거림만이 명계에 공허하게 울려 퍼지고 있었다.

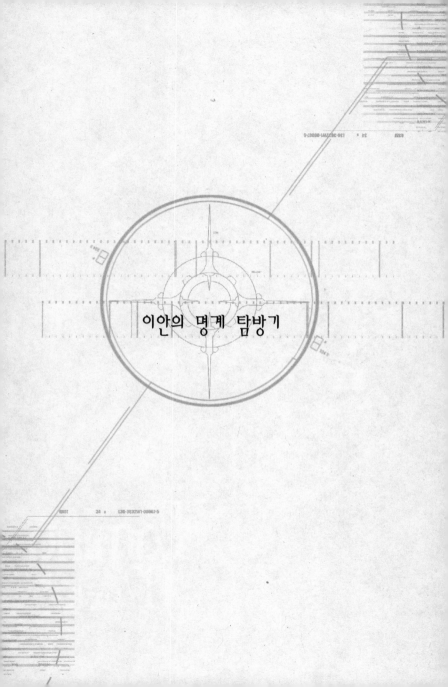

이안의 명계 탐방기

Taming Master

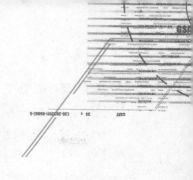

　스하아아─ 스하아아─!

　노를 한 번 저을 때마다, 소름 돋을 정도로 음산한 소리가
울려 퍼졌다.

　'으으, 닭살 돋아.'

　분명 생김새는 일반적인 강물과 다를 바 없건만, 강물에서
는 물소리 대신 알 수 없는 사이한 소리가 퍼져 나왔다.

　'이거 무슨 호러 체험도 아니고, 이렇게까지 무섭게 해 놓
은 이유가 뭔데?'

　움찔움찔 놀라다 못해, 급기야 보내 버린 저승사자가 아쉬
울 정도였다.

　'그 아저씨라도 있었으면 덜 무서웠으려나……'

엉뚱한 생각을 한 번 해 본 이안은, 더욱 빠르게 노를 젓기 시작했다.

그래야 이 공포 체험에서 조금이라도 빨리 벗어날 수 있을 테니 말이다.

스하아아— 스하아아—!

정체불명의 음산한 소리와 함께 빠르게 강을 가로질러 움직이는 이안의 나룻배.

그런데 잠시 후, 이안은 의아한 표정이 될 수밖에 없었다.

"어?"

짙은 녹색 빛이던 강물의 색깔이, 갑자기 누렇게 바뀌었기 때문이었다.

그리고 다음 순간, 이안의 눈앞에 새로운 시스템 메시지들이 떠올랐다.

띠링—!

—비통의 강, 아케론Acheron을 최초로 발견하셨습니다.

—명성이 5만 만큼 증가합니다!

—어둠 속성 면역력이 3만큼 증가합니다.

—'공포' 상태 저항력이 5만큼 증가합니다.

찬찬히 시스템 메시지들을 읽은 이안이 고개를 갸웃하며 뒷머리를 긁적였다.

'비통의 강이라고? 거 강 이름 한번 무섭게 지어 놨네……'

하지만 그것과 별개로, 5포인트나 되는 상태 저항 스텟을 얻은 것은 무척이나 고무적이었다.

5라는 수치가 사실 그 자체로 체감할 수 있을 만한 수준은 아니었으나, 상태 이상 저항 스탯이 워낙 얻기 힘들기 때문이다.

그런데 바로 그때, 열심히 노를 젓는 이안의 뒤쪽에서 음산한 목소리가 들려왔다.

"허락도 없이 내 배에 오르다니. 겁 없는 영혼이로구나."

화들짝 놀란 이안이 목소리가 들린 방향을 향해 휙 하고 고개를 움직였다.

그리고 그곳에는 새카만 로브를 뒤집어쓴 한 노인이 이안을 응시하고 있었다.

─뱃사공 카론 : Lv. 25(초월)

이어서 노인의 머리 위에 떠올라 있는 정보를 확인한 이안은, 마른침을 꿀꺽 삼켰다.

'와 씨, 무슨 뱃사공 주제에 리치 킹보다 레벨이 높은 거야?'

초월 2레벨에 불과한 이안으로서는, 감히 덤벼 볼 생각조차 할 수 없는 고레벨의 NPC.

그런데 다음 순간, 이안의 머릿속에 한 가지 의문이 떠올랐다.

'가만, 난 지금 죽은 상태잖아? 만약 여기서 한 번 더 죽으면 어떻게 되는 거지?'

이안은 자신이 떠올린 의문에 몇 가지 가정을 해 볼 수 있었다.

첫 번째 가정은.

'혹시 죽은 자 페널티를 받는 동안은 무적 상태가 되는 걸까?'

더 이상 죽지 않는 상태가 됐을지도 모른다는 것이었고.

두 번째 가정은.

'원래 게임에서 사망할 때처럼, 24시간 접속 금지 페널티와 함께 로그아웃될지도 모르겠군.'

데스 페널티가 중첩되면서 게임 바깥으로 튕겨 나갈지도 모른다는 가정이었다.

하지만 확실한 것이 아무것도 없었기 때문에, 이안은 일단 조심스레 행동하기로 했다.

"죄송합니다. 이 배에 주인이 있는 줄 몰랐어요. 하핫."

고개를 꾸벅 숙여 보이며 사과하는 이안을 보며 카론은 조금 누그러진 어조가 되었다.

"흐음, 산 자는 아닌 것 같고. 죽은 자임이 확실한데…….
저승사자가 나에 대한 이야기를 해 주지 않더냐?"

카론의 물음에, 이안은 어쩔 수 없이 저승사자를 팔기로 결정했다.

"네. 그냥 휙 하고 가 버리던데요?"

"……?"

"저는 그냥 배가 보이기에 탔을 뿐이에요."

애처로운 표정으로 혼신의 연기를 하는 이안을 보며, 카론의 주름진 얼굴이 험상궂게 변하였다.

"저승사자가 감히 직무태만이라니! 내 뮤칸 님께 고해야겠군."

"하, 하핫."

이안은 뭔가 양심에 살짝 찔리는 기분이 들어서인지, 서둘러 화제를 전환했다.

"그나저나 카론 님."

"음?"

"이 강을 넘어가면 어디가 나오나요?"

이안의 질문에 잠시 묘한 표정을 지어 보인 카론이 피식 웃으며 대답했다.

"에레보스Erebus."

"예⋯⋯?"

"이곳을 지나면, 암흑의 땅 에레보스에 도착하게 된다."

"거기는 뭐 하는 곳인데요?"

"아직 생에 대한 미련이 남아 있는 망자들이 살아가는 곳이지."

"미련⋯⋯요?"

"정확히는 망각에 대한 두려움을 가진 자들이라 해야 하려나."

"그, 그렇군요."

그 후에도 배가 움직이는 동안, 이안은 카론에게 이런저런 질문을 계속해서 던졌다.

이 명계라는 곳에 대한 정보를 조금이라도 더 뽑아내야 하기 때문이었다.

그리고 카론과의 대화 덕분에 이안은 제법 많은 것들을 알 수 있게 되었다.

'그러니까 이 동네에서는 강을 건넌다는 게 무척이나 위험한 행동이었군.'

카론에 의하면 에레보스라는 곳은 총 세 구역으로 나뉘어 있었다.

비통의 강 아케론을 넘어서부터, 통곡의 강 코퀴토스Cocytos에 이르기까지.

그리고 코퀴토스를 넘어서부터, 불길의 강 플레게톤 Phlegethon에 이르기까지.

마지막으로 플레게톤을 넘어서부터, 망각의 강 레테Lethe에 이르기까지.

이렇게 강을 기준으로 구역이 나뉘어 있는데, 강을 한 번 건널 때마다 더욱 강력한 원혼들이 서식할 것이라 하였다.

"자네가 언제쯤 망각의 강을 건널지는 알 수 없지만, 너무 빨리 그 강을 건너지는 마시게나."

카론의 말에, 이안은 살짝 의아한 표정이 되어 반문했다.

"망각의 강이라면, 에레보스의 끝자락에 있다는 그 강이겠군요."

"맞네."

"그 뒤에는 뭐가 있는데요?"

이안의 물음에 잠시 뜸을 들인 카론이 고개를 절레절레 저으며 천천히 입을 열었다.

"그건 나도 알 수 없다네."

"어……. 그런가요?"

"나는 이곳에 묶여 있는 몸이기 때문이지."

"에이, 여기 묶여 계시면서도 에레보스에 대해서는 잘 알고 계시잖아요?"

너스레를 떠는 이안을 보며, 카론의 주름진 입가에 알 수 없는 웃음이 맺혔다.

"코퀴토스나 플레게톤은 일방통행이 아니거든."

"네?"

"건너갔다가 다시 돌아온 이들이 제법 많다는 말이네."

"아……!"

"에레보스의 전역을 떠도는 망자들이 오며 가며 이야기를 해 주었지. 그게 벌써 수천 년이 넘었으니 모르는 게 더 이상하지 않겠나?"

"그도 그렇군요."

잠시 후 카론의 말이 다시 이어졌다.

"반면에 망각의 강 레테. 거긴 한 번 건너가면 그걸로 끝이야."

"......!"

"그러니 너무 빨리 그 강을 건너지는 말라는 말이야."

카론의 이야기를 들은 이안은 뭔가 생각이 복잡해지는 것을 느꼈다.

'하지 말라는 건 꼭 해 봐야 직성이 풀리는 성격인데…….
기왕 이렇게 된 거, 명계 끝까지 한번 찍어 볼까?'

기획 팀에서 듣기라도 했다면 거품을 물었을 만한 생각을 속으로 중얼거린 이안은, 새로운 콘텐츠들을 만날 생각에 잔뜩 기대에 부풀었다.

그리고 이안이 속으로 이런 저런 생각을 하는 동안, 망망대해처럼 느껴지던 아케론 강에도 드디어 끝이 보이기 시작했다.

스하아아- 스하아앗-!

육지(?)가 가까워질수록, 이안의 노 젓는 소리도 더욱 빨라졌다.

평범한 물에서 노를 젓는 것과 달리 큰 힘이 들지는 않았지만, 배에 오래 있다 보니 얼른 땅에 발을 붙이고 싶어진 것이다.

그런데 배가 육지에 닿기 전, 이안은 문득 궁금한 것이 하나 더 생겨났다.

"그런데 카론 님."

"말해 보시게."

"혹시 죽지 않은 자도 이 아케론 강을 건널 수 있습니까?"

그리고 이안의 질문을 들은 카론은 단호한 표정으로 고개를 절레절레 저었다.

"이곳은 죽은 자들의 땅. 그런 것이 가능할 리가 없잖은가."

"......?"

"나의 배는 산 자를 태울 수 없네. 생기가 조금이라도 있다면, 이 배는 가라앉고 말지."

"그, 그렇군요."

카론의 대답을 들은 이안은 머릿속이 점점 더 혼란스러워지는 것을 느낄 수 있었다.

'죽은 자 상태가 아니고서는 이 강을 지날 수 없다는 말인가? 그럼 명계로 가는 길을 열어 주겠다던 뮤칸의 말은 무슨 말이지?'

뮤칸은 분명, 자신을 이긴다면 명계로 가는 길을 열어 주겠다 하였다.

또한 이안이 느끼기에, 적어도 인간계에서는 뮤칸을 이길 방법이 분명히 존재하는 듯 보였다.

'그렇다면 뮤칸이 말한 명계는 혹시 아케론을 건너기 전, 에레보스의 바깥을 말하는 것이었을까?'

가정에 가정을 거듭할수록 이안은 뭔가 급격히 꼬이는 듯한 느낌을 받았다.

그리고 그런 이안을 향해, 카론이 다시 말을 이었다.

"다만, 예외는 존재한다네."

"어떤 예외죠?"

"'용사의 자격'을 얻어 '중간자'의 위격을 갖게 된 영혼이라면, 망자가 아니더라도 이 강을 건널 수 있지."

"아!"

"그리고 어떻게 가능했는지는 지금까지도 의문이기는 하네만……."

"……?"

"중간자가 아닌, 그렇다고 망자도 아닌 이가 에레보스에서 지낸 적이 있다는 기록도 있기는 하다네."

카론의 마지막 말을 들은 이안의 두 눈에 이채가 떠오르기 시작했다.

"후후, 이안. 역시 잔머리 하나는 기가 막히다는 말이지."

모니터링실에서 3시간도 넘게 이안의 플레이를 지켜보던 나지찬은, 고개를 절레절레 저으며 헛웃음을 흘렸다.

"하긴, 이안이 그걸 생각해 내지 못했으면, 내가 오히려 실망할 뻔했지."

차원의 구슬을 이용하여, 명계로 손쉽게 이동할 수 있는 방법을 떠올린 이안.

하지만 이 정도는 기획 단계에서부터 이미 예측 범주 안에 두고 있던 변수였다.

차원의 구슬은 분명 사기적인 아이템 중 하나였지만, 어쨌든 기획 팀의 머릿속에서 나온 아이템이었으니 말이다.

'그래도 타이탄 길드와의 거래가 아니었더라면, 정상적인(?) 방법으로 명계에 입성했으려나?'

만약 이안이 타이탄 길드와 거래를 하지 않았더라면, 어떻게 해서든 명왕을 이길 생각을 했을 것이다.

명왕을 이기고 페널티 없이 명계에 오는 것이 베스트 시나리오라고 생각했을 테니 말이다.

그리고 그렇게 명계에 진입했다면, 아마 에레보스에 들어설 수 없었을 것이다.

초월 레벨을 올리고 용사의 자격을 얻기 전까지는, 아케론 강을 건널 수 없게 설정되어 있으니 말이다.

그렇다면 이렇게 비정상적인(?) 방법으로 에레보스에 입성하는 것이, 과연 이안에게 좋기만 한 일인 것일까?

"후후, 뭐든지 급하게 먹으려 하면 체하는 법이지."

중간단계를 전부 생략하고 상위 콘텐츠로 훌쩍 뛰어넘는 것이 가능하다면, 게임의 밸런스가 무너지는 것은 당연하다.

때문에 카일란의 기획 팀에서도, 그런 것이 가능하게 방치

해 두었을 리 없었다.

　-이곳이, 에레보스……!

　에레보스의 땅을 밟는 화면 속의 이안을 보며, 나지찬의 한쪽 입꼬리가 슬쩍 말려 올라갔다.

　"그래도 이안갓이라면, 조금은 소화해 낼 수 있을지도."

　핑-!

　화면을 끈 나지찬은 탁자에 놓아두었던 텀블러를 챙겨 모니터링실을 빠져나갔다.

　중요한 부분은 다 챙겨 보았으니, 이제 기획실로 올라갈 시간이었다.

　"이곳이, 에레보스……!"

　드넓게 깔려 있는, 짙은 회색 빛깔의 대지.

　그리고 그 위에 펼쳐진 장엄한 풍경.

　카론의 나룻배에서 처음 발견한 암흑의 대지 에레보스는, 이안이 상상했던 것과는 사뭇 다른 모습이었다.

　'리치 킹이 다스렸던 어둠의 땅과 비슷한 느낌일 줄 알았는데…….'

　온통 하얀 눈과 음산한 운무.

　거기에 도처에 깔려 있는 수많은 해골들까지.

리치 킹 샬리언이 다스리던 어둠의 땅은, 그야말로 죽음의 땅이라 할 수 있었다.

하지만 지금 이안의 눈앞에 펼쳐진 에레보스는 완전히 다른 느낌이었다.

'그냥 콜로나르 대륙에서 흔히 볼 수 있는 아름다운 숲속의 풍경을, 흑백사진으로 찍어 놓은 느낌이랄까?'

흑백사진.

에레보스의 풍경은 말 그대로 흑백사진이었다.

땅에 솟아 있는 나무를 비롯해서 하늘에 떠다니는 구름과 하늘.

심지어는 화려하게 피어 있는 꽃들의 색상까지도.

그 밝기와 톤만 다를 뿐, 모조리 흑백으로 이루어져 있었던 것이다.

때문에 누런 빛깔을 띠고 있는 비통의 강 아케론의 색상만이 이안의 눈앞에 펼쳐진 모든 풍경들 중에 가장 눈에 띄었다.

그극, 그그극!

듣기 거북한 마찰음과 함께, 소가죽으로 만들어진 카론의 나룻배가 강가에 정박하였다.

이어서 이안은, 뭐에 홀리기라도 한 듯 천천히 에레보스를 향해 발을 내디뎠다.

그러자 기다렸다는 듯 이안의 눈앞에 새로운 시스템 메시지들이 울려 퍼지기 시작했다.

띠링—!

—짙은 망자의 기운이 느껴집니다.

—암흑의 땅 에레보스에 도착하셨습니다.

—암흑의 땅 에레보스를 최초로 발견하셨습니다.

—명성이 20만 만큼 증가합니다.

—'죽은 자' 상태이므로, 경험치 및 아이템 드롭률 상승 버프를 받을 수 없습니다.

—주의.

'죽은 자' 상태에서도 명계에서는 물리력을 행사할 수 있습니다.

'죽은 자' 상태일지라도 명계에서는 공격을 받을 수 있습니다.

'죽은 자' 상태에서 생명력이 모두 소진될 시, '영혼의 안식' 상태에 빠지게 됩니다(영혼의 안식 : 일주일간 게임에 접속할 수 없으며, 초월 레벨이 한 계단 떨어지게 됩니다. 초월 레벨이 1밑으로는 떨어지지 않습니다).

시스템 메시지들을 빠르게 읽어 내려가던 이안의 시선이, 순간 가늘게 떨리기 시작했다.

죽은 자 상태에서 생명력이 전부 소진되었을 시 받게 되는 '영혼의 안식' 페널티가 상상을 초월하는 수준이었기 때문이었다.

'이거…… 자칫 실수라도 하면 정말 큰일 나겠는데?'

사실 '초월 레벨 1레벨 다운'이라는 페널티는, 지금으로서는 체감을 하기 힘들다.

단체로 리치 킹을 처치하고 얻은 경험치 외에는 초월 경험
치를 쌓아 본 적이 없으니 말이다.

다만 이안이 기겁을 한 이유는 '일주일'이라는 잔인하기 그
지없는 접속 금지 페널티였다.

'하루 페널티도 충분히 큰데, 일주일이라니⋯⋯.'

이제는 자타공인의 카일란 한국 서버 랭킹 1위인 이안.

그가 만약 이 '영혼의 안식' 페널티를 얻게 된다면, 그 금
전적 손실은 정말 천문학적인 수준일 것이었다.

사실상 마음먹고 돈을 벌기 위해 플레이한다면, 하루에도
억대의 수익을 만들어 낼 수 있는 것이 지금 이안이 가진 네
임밸류였으니 말이다.

하지만 이안에게는 그 금전적인 손실보다 더 두려운 것이
있었으니⋯⋯.

'일주일 동안 카일란을 못 하게 되면, 심심해서 죽어 버릴
지도 몰라.'

단지 카일란을 플레이하지 못하게 된다는 것.

그 페널티 자체의 본질이었다.

'그럴 일은 있을 수도, 있어서도 안 되는 거겠지만, 만약
일주일 접속불가가 되면 하린이랑 여행이라도 다녀와야 하
려나.'

잠깐 암울한 상상을 해 보았던 이안은, 곧 고개를 절레절
레 휘저으며 현실로 돌아왔다.

이안과 하린 커플은 만약 휴가차 여행을 하게 되더라도, 카일란 안에서 하는 여행이 더 행복한 커플이었으니 말이다.

상념에서 빠져나온 이안이 뒤를 돌아보며 카론을 향해 손을 흔들었다.

"아저씨, 배 빌려 주셔서 고마웠어요. 다음에 또 보자구요!"

저승과는 전혀 어울리지 않는 해맑은 표정으로, 뱃사공 카론에게 작별 인사까지 마친 이안.

이어서 이안은, 힘차게 걸음을 돌려 움직이기 시작했다.

아니, 움직이려고 했다.

"어어엇!"

하지만 어떤 알 수 없는 힘이 느껴지더니, 그 자리에서 한 발자국도 뗄 수 없는 상태가 되어 버렸다.

─'뱃사공 카론'이 '어둠의 속박'을 시전합니다.

─움직일 수 없는 상태가 되었습니다.

"……!"

온몸에 느껴지는 이질적인 기운과 함께, 순간적으로 떠오르는 두 줄의 시스템 메시지.

그리고 그와 동시에, 양발이 그대로 묶여 버리는 게 아닌가.

생각지도 못했던 상황에 직면한 이안은 적잖이 당황할 수밖에 없었다.

'뭐지? 이게 대체 무슨 상황이야?'

이안의 등줄기를 타고 한 방울 식은땀이 흘러내렸다.

어떤 이유에서인지는 알 수 없었지만, 카론이 자신을 적대시 한 것이라면 그야말로 엄청난 위기상황이기 때문이었다.

초월 25레벨인 카론에게 한 대라도 잘못 맞는다면, 그대로 영혼의 안식 상태가 되어 버릴지도 모를 노릇이니 말이다.

온갖 가정을 세우며 머리를 굴려 보는 이안의 등 뒤로, 카론의 칼칼한 목소리가 들려오기 시작했다.

그리고 그 목소리에는 약간의 노여움도 깃들어 있는 듯했다.

"어딜 그냥 가려는 겐가?"

"예?"

"뱃삯은 주고 가야지 않겠나."

"뱃삯……이라면……."

정확한 상황 파악은 되지 않았지만, 이안은 서둘러 인벤토리를 오픈해 보았다.

뱃삯이 얼마가 되었든 이 자리에서 카론에게 맞아 죽는 것보다는 나을 테니 말이다.

하지만 이안의 눈앞에는 또 다른 재앙이 떠오르고 말았다.

띠링-!

-'죽은 자' 상태에서는 인벤토리를 오픈할 수 없습니다.

"……!"

이쯤 되니 아무리 이안이라고 할지라도, 멘탈에 실금이 가기 시작했다.

'어, 어쩌라는 거야 대체……?'

당황하다 못해 이제는 거의 울고 싶은 마음이 되어 버린 이안.

그런데 바로 그때, 다행히 이안의 눈앞에 한 줄기 구원의 빛과도 같은 퀘스트 창이 떠올랐다.

띠링―!

'뱃사공 카론의 요구'

'죽은 자'가 되어 명계에 도착한 당신은, 뱃사공 카론의 배를 타고 비통의 강 아케론을 건넜다.

그런데 카론의 나룻배를 타기 위해서는, 정해진 뱃삯을 내야 하는 것이 명계의 율법이다.

하지만 당신은 뱃삯 없이 카론의 배에 올랐고, 때문에 에레보스에 도착한 지금 뱃삯을 지불해야만 한다.

3시간 내로 다섯 닢의 데스 코인Death Coin을 구하여, 카론에게 돌아오자.

만약 그의 요구를 들어주지 못한다면, 카론에게 쫓기게 될 것이다.

퀘스트 난이도 : F+

퀘스트 조건 : 뱃삯을 지불하지 않고 카론의 배를 이용한 유저.

제한 시간 : 180분

보상 : 연계 퀘스트 발동.

　　　　'뱃사공 카론'와의 친밀도 상승.

*퀘스트를 거절할 시, 뱃사공 카론이 당신을 '적대' 합니다.

*퀘스트에 실패할 시, 뱃사공 카론이 당신을 '적대'합니다.

퀘스트 내용을 확인한 이안은 당황한 동시에 한편으론 안도할 수 있었다.

'휴우, 난이도 F등급이라니……. 이건 무슨 기억조차 하기

힘든 난이도잖아? 이런 난이도가 있기는 했었나?'

카론과 적대 상태가 된다는 무시무시한 페널티에 당황했으나, 퀘스트 난이도를 확인한 뒤에 한시름 놓을 수 있게 된 것이었다.

'그래, 뭐 기왕 이렇게 된 거 이 퀘스트만 빨리 처리하고 다른 퀘스트는 받지 말아야지.'

사실 이안은 '죽은 자' 상태일 때 퀘스트를 진행할 마음이 전혀 없었다.

어차피 이 상태에서는 경험치나 아이템과 같은 실질적인 보상을 얻을 수 없기 때문이었다.

이안이 가지고 있던 계획은, 사흘이라는 시간 동안 최대한 명계의 넓은 구역들을 돌아다니며 가능한 많은 정보를 수집하는 것이었다.

그래서 명계에 도착하자마자, 저승사자를 쫓아내듯 돌려보냈던 것이기도 했고 말이다.

하지만 지금 주어진 카론의 퀘스트 같은 경우 거부 자체가 불가능한 것이나 다름없었다.

사실상 이안의 입장에서는 난이도가 크게 어렵지 않음에 감사해야 하는 상황인 것이다.

머릿속으로 빠르게 판단을 마친 이안이 카론을 향해 고개를 끄덕이며 입을 열었다.

"아, 뱃삯이라면 당연히 지불해 드려야죠. 그렇지 않아도 생각하고 있었습니다, 헤헤."

입에 침 한 방울 바르지 않고 마음에도 없던 소리를 서슴 없이 얘기하는 이안이었다.

'어차피 수행해야 할 퀘스트라면, 보상만큼은 확실히 뽑아 먹어야 하는 법이지.'

'카론과의 친밀도'라는 다소 추상적인 보상이었지만, 그것 이라도 1포인트 더 받아 먹자는 게 이안의 게임 철학이었다.

그리고 이안의 태세 전환이 잘 먹혀 들었는지, 약간의 노기가 어려 있던 카론의 목소리가 살짝 누그러졌다.

"흐흠, 자네가 설마 뱃삯도 내지 않고 도망치는 파렴치한 일 것이라고 생각지는 않았네만, 그래도 혹시 모를까 봐 알려 준 것이었다네."

"그, 그렇군요."

"뱃삯은 단돈 다섯 냥일세. 이곳 에레보스의 화폐인 데스 코인으로 가져오면 된다네."

─'어둠의 속박' 상태 이상이 해제되었습니다.

─이동속도가 정상으로 돌아옵니다.

카론의 대답이 끝나자마자 시스템 메시지가 울려 퍼졌고, 이어서 이안을 휘감고 있던 어둠의 기운들이 말끔히 씻겨 나갔다.

하지만 이안은 곧바로 에레보스의 안쪽으로 다시 움직일 수 없었다.

퀘스트를 클리어할 수 있는 방법을, 알지 못하기 때문이었다.

"그나저나 카론 님."

"말씀하시게."

"다섯 냥의 데스 코인은 어떻게 하면 구해 올 수 있을까요?"

그리고 이안의 물음을 들은 카론은 기다렸다는 듯 바로 대답을 꺼내었다.

이안의 질문은, 명계에 처음 온 망자로서 당연히 할 수밖에 없는 질문이었으니 말이다.

"지금 자네의 눈앞에 나 있는 숲길을 따라 15분 정도 걷다 보면, 망자들의 도시인 '타나토스'가 나온다네."

"그렇군요."

"타나토스 마을의 서남쪽에 작은 푸줏간이 하나 있는데, 그곳에 토끼의 가죽을 가져다 팔면 어렵지 않게 코인을 구할 수 있을 걸세. 가죽 한 장을 한 냥으로 쳐줄 테니, 총 다섯 장의 토끼 가죽을 판매하면 되겠군."

"토……끼의 가죽은 어디서 구해야 할까요?"

"그거야 더욱 어렵지 않지. 이 숲길을 따라 걷다 보면, 널리고 널린 게 토끼 녀석들일 테니까."

여기까지 이야기를 들은 이안은 반사적으로 고개를 주억거리며 대답했다.

"예, 알겠습니다. 그럼 얼른 다녀오도록 할게요."

"좋네. 시간은 3시간 정도면 충분하겠지?"

"물론입니다! 금방 다녀오도록 하죠."

"그래. 잠시 이곳에서 쉬고 있겠네."

퀘스트 내용 자체가 너무도 쉬워 보였기 때문이었다.

'그래 뭐, 딱 F등급 난이도다운 퀘스트 내용이네. 토끼 까짓것 금방 잡아서 가죽 벗겨 내면 되겠지.'

기분 좋게 카론과 헤어진 이안은 서둘러 숲길을 따라 걸음을 옮기기 시작했다.

난이도로 보나 퀘스트 내용으로 보나 분명히 쉬워 보이기는 하지만, 제한 시간이 걸려 있는 퀘스트이기도 했고 어떤 변수가 작용하게 될지 모르니 말이다.

그런데 숲길을 따라 움직이기 시작한 지 그리 오래지 않아, 이안은 방금까지의 생각이 완전히 잘못되었다는 것을 깨달을 수 있었다.

카론의 말은 틀리지 않았다.

이안이 숲길에 들어선 지 채 2분도 지나기 전에, 회색빛깔의 토끼 한 마리가 풀숲 사이로 튀어나온 것이다.

푸스슥- 파팟-!

총알처럼 재빠르게 튀어나와, 어디론가 튀어가는 한 마리의 토끼.

그것을 확인한 이안의 얼굴에 흥미가 어렸다.

'흐흐, 이것도 은근 신선하고 재밌는데?'

페널티로 인해 1레벨이 떨어졌다고는 하지만, 이안의 레벨은 무려 400을 훌쩍 넘은 상태였다.

그런데 이런 시점에 토끼를 사냥해야 하는 상황이 되었다는 것이 무척이나 신선하게 다가온 것이다.

'어디 보자, 역시 토끼 사냥에는 활이 제 맛인가.'

빠르고 날렵한 토끼를 잡기 위해서는, 당연히 원거리 무기가 훨씬 유리한 것이다.

이안은 자연스럽게 인벤토리를 열어 무기를 바꿔 장착하려 하였다.

하지만 당연히, 인벤토리는 열리지 않았다.

띠링-!

-'죽은 자' 상태에서는 인벤토리를 오픈할 수 없습니다.

"후……."

이안은 또다시 울고 싶은 표정이 되고야 말았다.

'창으로 토끼를 잡아야 되다니…….'

토끼는 기본적으로 초식동물이다.

때문에 공격력은 약하기 그지없지만, 이동속도가 무척이나 빠르다.

콜로나르 대륙의 초보자 사냥터에 있는 토끼들만 봐도 그렇다.

초보 유저들 중 근접 무기를 사용하는 유저들은, 토끼는 아예 거들떠보지도 않는 경우가 많았다.

빠른 이동속도로 요리조리 도망 다니는 토끼는, 사냥 효율이 무척이나 안 좋기 때문이다.

'휴, 그래도 어쩌겠어. 시키니까 해야지 뭐.'

마음을 다잡은 이안은, 검의 손잡이를 다시 고쳐 쥐었다.

이안이 지금 들고 있는 무기는 블러디 리벤지.

명왕 뮤칸과의 싸움 마지막 순간에 손에 쥐고 있던, '림롱'으로부터 약탈한 물건이었다.

'그나마 정령왕의 심판이 아닌 게 다행이지 뭐.'

블러디 리벤지는 단검短劍과 세검細檢의 장점을 동시에 가지고 있는, 깃털처럼 가벼운 검이다.

반면에 정령왕의 심판은 묵직하기 그지없는 사모蛇矛 형태의 장창이다.

토끼잡이에 어떠한 무기가 유리할지는 누가 봐도 명확할 수밖에 없다.

'거기에 블러드 스플릿도 있고 말이지.'

재빠른 토끼를 추격하는 데에 블러드 스플릿과 같은 돌진 공격기술은 훌륭한 도구가 될 것이다.

이안은, 이 스킬이라도 최대한 활용해 보기로 했다.

'일단 녀석을 찾으러 가 볼까?'

천천히 걸음을 옮겨 풀숲을 향해 다가간 이안은, 조심스레 그 사이를 벌려 공간을 만들어 내었다.

푸스슥.

이안은 최대한 소리를 죽여 풀숲 사이로 머리를 들이밀 었다.

그런데 다음 순간, 이안의 인상이 또 한 번 구겨졌다.

'이게 뭐야? 토끼 주제에…….'

-저승토끼 : Lv 3(초월)

토끼의 레벨이 무려 3이나 되었던 것이다.

'휴우, 토끼라고 얕보면 안 되겠는걸?'

카일란에서 레벨은, 결코 거짓말을 하지 않는다.

현재 이안의 초월 레벨은 2.

어쨌든 토끼의 레벨이 이안보다 높았으니, 조심하는 것이 당연했다.

게다가 레벨이 낮을수록, 1레벨의 차이는 무척이나 크게 체감되니 말이다.

부스럭.

최대한 조심스레 풀숲을 지나선 이안이, 발소리를 죽이며 토끼에게 다가가기 시작했다.

블러드 스플릿을 이용해 단번에 다가설 수도 있었지만, 그 것은 토끼가 이안의 존재를 눈치챈 후까지 아껴 두는 것이

좋았다.

블러드 스플릿은 논타깃 스킬이고, 거리가 가까울수록 맞추기 쉬운 게 당연하기 때문이었다.

그렇게 토끼의 바로 1미터 뒤까지 이안이 다가선 그 순간이었다.

"……!"

토끼의 뒷다리 근육이 움직이려는 것을 포착한 이안은, 순간적으로 블러드 스플릿을 발동시켰다.

파앗-!

-고유 능력, '블러드 스플릿Blood Split'을 발동합니다.

이안의 논타깃 스킬 명중률은 타의 추종을 불허하는 수준이다.

논타깃 스킬 맞추는 데는 도가 튼 궁사 랭커들조차도 이안만큼은 입을 모아 인정하니 말이다.

그런 이안이, 1미터 거리에 있는 토끼 정도를 맞추지 못할 리 없었다.

촤아악-!

-'저승 토끼'에게 치명적인 피해를 입혔습니다!

역시나 약점포착까지 발동시켜, 정확하게 치명타까지 터트린 이안!

하지만 문제는 그 다음이었다.

-'저승 토끼'의 생명력이 685만큼 감소합니다.

-'저승 토끼'와 '적대' 상태가 되었습니다.

'저승토끼' 역시 콜로나르 대륙의 일반적인 토끼들처럼, 먼저 공격하지 않으면 적대감을 드러내지 않는 '후공 몬스터' 였다.

때문에 적대 상태가 되었다는 메시지까지 친절하게 떠오른 것.

하지만 문제는 그 부분이 아니었다.

'685라고? 지금 딜이 1천도 안 박힌 거야?'

분명히 정확하게, 그것도 치명타로 블러드 스플릿이 꽂혔음에도 고작 세 자릿수의 대미지가 박혔다는 부분이었다.

때문에 이안의 시선은 자연히 녀석의 생명력 게이지로 향했고.

"……!"

이어서 더욱 당황할 수밖에 없었다. 토끼의 생명력 게이지가, 거의 깎이지 않았기 때문이었다.

굳이 수치로 따져 보자면, 2~3퍼센트 정도?

블러드 스플릿으로 이 정도의 딜이 박혔다는 것은, 일반 공격으로는 두 자리 수 딜이 나올지도 모른다는 소리였다.

'중간계에서 지금 내 공격력이 그래도 1천 정도는 될 텐데…….'

초월 2레벨이 된 이안의 상태창에 표기된 현재 공격력은, 정확히 1,350이었다.

그런데 대미지가 그 절반 정도밖에 박히지 않았다는 것은, 토끼의 방어력이 이안의 공격력보다 높다는 의미였다.

 '토끼 주제에 뭐 이래?'

 그리고 당황한 이안이 움찔하던 그때였다.

 퍼억─!

 순간적으로 튀어오른 토끼가, 이안에게 몸통박치기를 시전했다.

 ─'저승토끼'의 공격으로 피해를 입었습니다!

 ─생명력이 6,798만큼 감소합니다!

 "미친……!"

 이안은 자신도 모르게 육성을 내뱉을 수밖에 없었다.

 그나마 아이템발로 9만 정도의 추가 생명력을 가지고 있었기에 망정이지, 그렇지 않았더라면 단 한 번의 공격에 사망할 정도의 막강한 공격력이었기 때문이다.

 아이템 보너스를 뺀 이안의 현재 생명력은 5천 수준에 불과했으니 말이다.

 어쨌든 한 번씩의 공수 교환에서 오히려 이안보다 우위를 점해 버린 저승토끼였다.

 이안의 머리가 빠르게 회전하기 시작했다.

 '평타로 때리면 거의 천 대는 때려야 잡을 만한 맷집인데 이거.'

 아마 이대로 싸우더라도 토끼한테 질 리는 없었다.

토끼의 몸통박치기가 제법 빠르긴 하지만, 피해 내지 못할 수준은 아니었으니 말이다.(물론 다 맞아 주면서 싸운다면, 이안은 이길 수 없다.)

하지만 시간이 문제였다.

이렇게 싸우다가는 한 마리 잡는 데 10~20분이 걸릴 판이었으니, 3시간 안에 다섯 개의 가죽을 구하는 게 너무도 빠듯해진다.

"후, 토끼 때문에 소환까지 해야 되다니⋯⋯."

자조적으로 중얼거린 이안은, 결국 소환수들의 힘을 빌리기로 하였다.

"소환, 카르세우스! 소환, 뿍뿍이!"

그런데 다음 순간, 이안의 눈앞에 이어진 시스템 메시지들은 이안을 더욱 좌절시키고 말았다.

-소환수 '카르세우스'를 소환하실 수 없습니다.

-'죽은 자' 상태에서는 '죽은 자' 상태의 소환수만을 소환하실 수 있습니다.

-소환수 '뿍뿍이'를 소환⋯⋯.

'죽은 자' 상태에서는 똑같이 '죽은 자' 상태인 소환수만을 소환할 수 있게 설정되어 있었고.

명왕과의 전투에서 사망 판정을 받은 것은 오직 이안뿐이었던 것이다.

"으아아!"

이안의 명계 탐방은, 그야말로 첩첩산중이었다.

-이안의 명계 탐방기

그래서 어떻게 했냐고?

어떻게 하긴 뭘 어떻게 해.

저승토끼 자식이랑 아주 혈투를 벌였지.

비웃을지 모르겠지만, 난 지금 아주 진지하다고.

한 놈 잡는 데 걸린 시간이 거의 10분을 넘겼으니까…….

차라리 데스나이트 잡는 게 몇 배는 더 쉽겠다는 생각까지

들더란 말이지.

하지만 문제는, 거기서 끝이 아니었다는 거야.

'죽은 자' 상태에서는, 아이템조차 드롭이 되지 않게 설정

되어 있었으니까.

세 마리까지 가죽이 드롭되지 않았을 때는, 진짜 하늘이 노

래지는 줄 알았다니까?

나는 기획 팀에서 토끼 가죽 드롭률에 장난질이라도 쳐 놓은

줄 알고, 이까지 뿌득뿌득 갈았어.

그런데 생각해 보니까 이거 시스템 메시지로 친절히 알려 주

기까지 했던 설정이더라고.

완전 멍청이가 따로 없었지.

어쨌든 멍청하게 토끼를 한 세 마리쯤 잡은 뒤에야 그걸 깨달은 나는, 그때부터 사체를 주워다 모으기 시작했어.

그렇게 토끼 다섯 마리 정도 모으는 데 걸렸던 시간이……

아마 2시간은 훨씬 넘었던 것 같아.

휴우.

정말 힘들었지…….

이게 난이도 F라고?

난이도 F라는 게 아마, '판타스틱'의 약자가 아니었을까?

정말 판타스틱한 난이도의 퀘스트였어. 이건…….

어쨌든 힘들게 토끼 다섯 마리를 전부 잡은 난, 푸줏간에 녀석들을 넘기고 데스 코인 다섯 냥을 얻을 수 있었어.

진짜 이 퀘스트를 제한 시간 5분 남기고 성공할 줄은, 정말 꿈에도 몰랐다니까?

그래도 이 퀘스트까지 마치고 나니까 드디어 내게 자유시간이 주어졌어.

명계를 돌아다니면서 '정보'라는 걸 얻을 시간이 생기게 된 거지.

다시 '타나토스 마을'에 도착한 나는, 정말 뻔질나게 명계를 돌아다니기 시작했어.

샤크란 아재와 타이탄 길드가 명계에 입성하기까지 남은 시간은 대충 십사 일 정도.

나는 그때까지 최대한 많은 정보를 얻어야 했으니까.

물론 아재가 뮤칸 형아를 이기지 못했다면, 명계에 입성하지 못했을 수도 있었겠지만 말이야.

그런데 진짜 재밌는 건 뭔 줄 알아?

정작 샤크란 아재가 명계로 가는 문을 연 지 십사 일 뒤에, 나는 그들과 함께하지 않았다는 거야.

'아케론' 강을 건널 수 없었던 그들과 달리, 나는 타나토스 마을에 포털을 열 수 있었으니 말이야.

그래도 나를 제외한 다른 로터스 길드원들은 타이탄과 같이 움직이도록 했어.

오히려 아케론 강을 건너기 전의 명계에 초월 레벨을 올릴 만한 사냥터들이 더 많기도 했고, 그렇게 하지 않으면 분명 샤크란 아재가 날 엄청 의심했을 테니 말이야. (지금도 의심하고 있는 것 같기는 하지만…….)

게다가 '산 자'가 아케론의 안쪽. 즉, 에레보스에서 머문다는 것은, 엄청난 리스크를 감수해야 되기도 하고 말이지.

자, 그렇다면!

내가 이렇게 위험과 의심을 무릅쓰고 에레보스에 끝까지 남았던 이유는 뭘까?

원래는 샤크란 아재가 명왕을 이길 때까지 정보를 최대한 얻어 놓은 다음에, 아재가 열어 준 문으로 들어가서 신나게 치고 나갈 계획도 세우고 있었는데 말이지.

하핫, 그 이유가 궁금하겠지?

하지만 그건, 조금만 더 생각해 본다면 너희들도 알 수 있을 거야.

혹시, 내가 명계에서 가장 찾고 싶었던 게 뭔지 기억나?

후훗.

바로 그걸 찾아 버렸거든.

생각보다 쉽게.

그리고 빠르게 말이지, 아마 '산 자'가 되어 에레보스를 뒤지기 시작한 지, 대충 열흘쯤 되었을 때일 거야.

그러니까 이건, 샤크란 아재가 명왕을 잡기 하루 이틀 정도 전쯤의 이야기야.

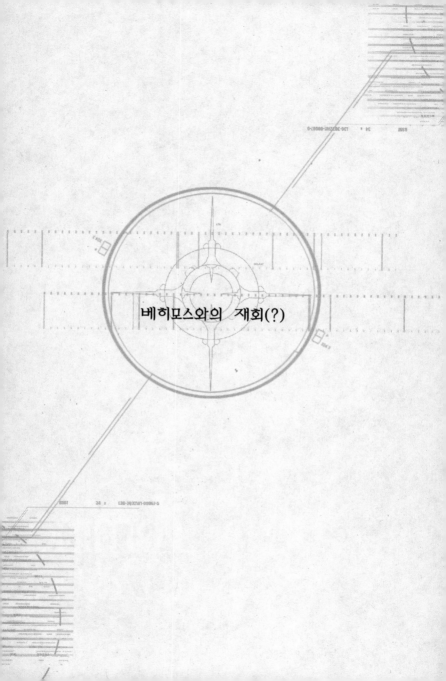

베히모스와의 재회(?)

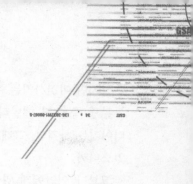

　사흘간의 '죽은 자' 페널티가 끝나고, 이안은 드디어 '산자'의 상태로 명계에 입성하였다.

　'이제는 명계를 제대로 탐험할 수 있을 거야!'

　하지만 그것은 이안의 완벽한 오산이라고 할 수 있었다.

　암흑의 땅 '에레보스'는 '산 자'들에게 결코 친절한 땅이 아니었으니 말이다.

　우선 이안이 알게 된 첫 번째 문제는 명계의 모든 몬스터에게 공격받아 사망하게 되면, 다시 '죽은 자' 페널티를 받게 된다는 것이다.

　명왕 뮤칸 역시 명계의 NPC였고, 때문에 그에게 죽어서 '죽은 자' 페널티를 받게 되었던 것.

하지만 이것까지는 애교였다.

분명 죽은 자 페널티가 일반 데스 페널티보다 더 큰 페널티이기는 하지만, 그래도 충분히 위험을 무릅쓸 만한 수준이었으니까.

그보다 이안에게 있어서 엄청나게 무서운 존재가 있었으니……

'명계의 파수꾼'으로 불린다는 '저승 감찰관'이라는 NPC였다.

'타나토스 안에서 정보를 최대한 얻어 보길 잘했어. 대장장이 우퍼 아저씨 아니었으면 진짜 큰일 날 뻔했단 말이지. 만약 그냥 돌아다니다가 감찰관을 만났다면……. 진짜 생각만 해도 끔찍하군.'

카일란에서 '산 자'의 상태로 죽은 자의 땅인 에레보스를 돌아다니는 것은 신이 정해 놓은 섭리를 거스르는 일이다.

때문에 '저승 감찰관'에게 이것이 적발된다면, 그는 바로 '어둠의 심판'이라는 것을 받게 된다.

그렇다면 그 어둠의 심판이라는 것은 무엇일까?

어둠의 심판

저승의 감옥, 타르타로스에 열흘 동안 갇히게 되며, 타르타로스에 갇힐 시 매 시간마다 1퍼센트만큼의 경험치가 감소합니다.

열흘 동안 아무것도 할 수 없게 되며, 심지어 총 2레벨이 넘는 경험치가 다운되게 되는 무시무시한 형벌.

어쨌든 이러한 페널티 때문에, 이안은 명계에서 거의 사냥을 할 수 없었다.

타나토스 마을의 근처에 있는 대부분의 사냥터에 저승 감찰관이 어슬렁거리고 있기 때문이었다.

때문에 그는 저승 감찰관들을 피해서 조심스레 명계, 정확히는 에레보스를 탐방해 왔다.

지금까지 이안이 이곳에서 얻은 정보들을 간단히 정리해 보면, 다음과 같았다.

1. '산 자'도 에레보스에 거주할 수는 있으나, 만약 저승감찰관에게 적발당하면 열흘 동안 타르타로스에 갇히게 된다.

2. 아케론 강을 건너기 전 즉, 에레보스의 바깥쪽 세계를 다크 어비스라고 한다.

3. 초월 레벨이 낮을 때 사냥하기 좋은 사냥터들은 오히려 에레보스보다 다크 어비스에 훨씬 많다.

4. 보통 죽은 자의 영혼은 다크 어비스를 거치지 않고 바로 에레보스로 유입된다. 그리고 이곳에서 최소 1년 이상을 머물게 된다.

5. 타나토스 마을에서 알바(?)로 얻을 수 있는 데스코인들은 명계 전역에서 사용할 수 있는 화폐인데, 다크 어비스에서는 데스 코인을 얻기가 무척이나 힘들다.

6. 데스 코인을 가지고 있으면 다크 어비스에 있는 숨겨진

던전에 입장할 수 있다. 때문에 좋은 던전일수록 많은 양의 데스 코인이 필요하다.

7. 명계의 몬스터에게 피해를 입어 사망하면, 기존의 데스 페널티를 받는 것이 아니라 '죽은 자' 페널티를 받게 된다.

이안이 이 모든 정보를 얻는 데까지 걸린 시간은, 무려 열흘 정도였다.

'죽은 자'로 활동한 시간까지 포함한다면, 십삼 일 정도의 시간이 걸린 것이라 할 수 있었다.

결코 적지 않은 시간을 쏟은 것.

하지만 이안은 이 성과들에 충분히 만족하고 있었다.

'진짜 핵심적인 정보를 얻었으니 말이지.'

이안이 생각하는 핵심적인 정보는 과연 이 일곱 가지 중에 어떤 것일까?

다른 정보들도 충분히 매력적인 것들이었지만, 이안에게 가장 중요했던 것은 바로 4번 정보였다.

이 정보가 바로, 이안이 '베히모스'를 찾게 해 줄 중요한 단서였으니 말이다.

'내가 베히모스를 죽인 시점이……. 지금으로부터 대충 4~5개월 정도 전. 그렇다면 녀석의 영혼은, 분명 아직까지 이 에레보스 안에 있겠지.'

이안이 착안한 부분은 바로 이것.

이안 본인이 마계에서 사냥한 베히모스가 아직까지 이 에레보스 안에 있을 것이라는 점이었다.

그렇다면 이안의 손에 죽은 베히모스는 지금쯤 어디에서 이안을 기다리고 있을까?

그것은 타나토스 마을의 촌장, '우르스 케인'으로부터 얻은 정보에서 알 수 있었다.

"에레보스에는 네 개의 강이 흐르고, 그 강을 기점으로 구역이 나눠진다네. 그건 알고 있는가?"

"총 세 구역으로 나뉜다고 알고 있습니다, 촌장님."

"맞네. 카론이 말해 줬나 보군."

"그렇습니다."

"어쨌든 알고 있다니 설명이 편하겠구먼."

"경청하겠습니다."

"지금 우리 타나토스 마을이 있는 곳. 즉, 에레보스의 첫 번째 구역에는, '죽은 자'의 영혼이 최소 5개월을 머물게 된다네."

"아, 구역별로 다른가 보군요."

"맞아. 여기서 5개월 머물고 난 영혼은 코퀴토스를 건널 자격을 갖게 되지."

"아, 그래서 '최소'라고 하신 거로군요."

"맞아. 자격이 생겼더라도 꼭 넘어가야 하는 것은 아니니까."

"이해했습니다.

"좋아. 그럼 말을 이어 가도록 하겠네. 코퀴토스를 넘어 에레보스의 두 번째 구역에 도착한 영혼들은, 4개월을 머물러야 또 다음 강을 건너갈 수 있는 자격이 생긴다네."

"불길의 강, 플레게톤을 말씀하시는 거로군요."

"오호. 플레게톤도 알고 있다니, 정말 대단하군. 아무튼 불길의 강을 넘어 마지막 세 번째 구역에 도달하면, 그곳에서 3개월을 머문 뒤 망각의 강을 건널 자격이 생기게 되지."

"5……. 4, 3. 총 12개월이네요."

"그래. 그래서 에레보스에 최소 12개월은 머물러야 한다는 말을 한 게지."

'정말 운이 나쁜 게 아니라면, 베히모스는 아직 코퀴토스 강을 건너지 못했을 거야.'

이안이 베히모스를 사냥했던 시기는 어림잡아 4~5개월 정도 전이었다.

그리고 만약 판단이 틀려 5개월이 지났다 하더라도, 아직까지는 두 번째 구역으로 넘어가지 않았을 확률이 높았다.

'베히모스를 찾자. 일단 베히모스만 얻고 나면, 명계는 접어 두고 정령계를 공략하는 게 좋겠어.'

이안이 지금까지 얻은 정보들을 토대로 분석해 보면, 명계의 메인 콘텐츠들은 대부분 에레보스 안에 존재했다.

그리고 에레보스 안에서 본격적으로 활동하려면, '용사의 자격'이라는 것을 얻어 초월적인 존재가 되어야만 한다.

'어차피 다크 어비스에서 할 수 있는 건 초월 레벨을 올리는 것뿐이야. 그리고 초월 레벨은 명계뿐 아니라 정령계의 사냥터에서도 당연히 올릴 수 있겠지.'

게다가 타이탄과 사냥터를 공유해야 하는 명계의 다크어비스와는 달리, 정령계는 아마 이안 혼자서 독점할 수 있을 것이었다.

"좋아. 그럼 이제 슬슬 움직여 볼까?"

이안의 초월 레벨은 아직까지도 2에 불과하다.

'저승 감찰관'을 피해 다니느라 사냥을 전혀 하지 못했기 때문이었다.

하지만 베히모스를 잡는 것은 전혀 걱정할 필요가 없었다.

이안에게는 그리퍼로부터 받은 '영혼 마력 봉인석'이 있기 때문이었다.

영혼 마력 봉인석

분류 : 잡화   **등급 : 영웅**

차원의 마도사 그리퍼가 자신의 마도공학을 이용하여 만들어 낸 물건으로, 특정 몬스터의 영혼을 봉인할 수 있는 아티팩트이다.

만약 몬스터의 영혼이 봉인되어 있는 봉인석을 가공하면, 해당 몬스터의 영혼석을 획득할 수 있다.

*하나의 영혼만을 봉인할 수 있으며, 한 번 사용하면 더 이상 사용할 수

없는 1회성 아이템입니다.
*봉인석을 가공할 시, 최소 30개에서 최대 100개까지의 영혼석을 랜덤
으로 획득할 수 있습니다.
*인간, 혹은 인간형 종족에게는 사용할 수 없습니다.
*생기가 있는 대상에게는 사용할 수 없습니다.
*네임드, 혹은 보스 몬스터를 상대로는 사용할 수 없습니다.

그리퍼는 이 봉인석을 사용하기 위해서 죽은 지 1분이 되
지 않은 사체가 필요하다고 하였다.

"이걸 어떻게 쓰냐고? 그거야 간단해. 베히모스를 사냥한
뒤, 그 사체에 대고 봉인석을 발동시키면 알아서 영혼 마력
이 추출될 걸세. 대신 죽은 지 1분이 지나지 않은 사체여야
만 하네."

그리고 이제 한 번 죽어 본 이안은, 그 1분이라는 의미에
대해 이해하고 있었다.
'1분이란, 죽고 나서 저승사자가 데리러 오기 전까지의 시
간을 의미하는 거겠지.'
이안이 처음 '죽은 자'가 되었을 때, 저승사자를 만나기까
지 1분 정도의 시간이 걸렸었다.
이것은 아마 카일란 세계의 기본적인 설정 같은 것이리라.
그렇다면 이미 죽은 상태인 명계의 베히모스는?

'그 앞에서 봉인석을 발동시키면, 알아서 빨려들어 오겠지.'

초월 레벨이 2레벨인 이안으로서는, 베히모스를 상대할 방법이 없을 것이다.

하지만 앞에서 이 봉인석을 발동시킨다면, 전투를 할 필요조차 없을 것이다.

'최대한 빨리 베히모스의 영혼을 봉인하고, 어서 이 으슬으슬한 동네를 떠야겠어.'

이안의 걸음이 점점 빨라지기 시작했다.

5개월 정도 된 영혼이라면, 아마 코퀴토스 강 인근에 머물러 있을 가능성이 가장 높았다.

녀석이 그 강을 건너기 전에 어떻게든 잡아야 한다.

그렇지 않다면, 베히모스를 얻는 것이 영영 불가능하게 될지도 모르니까.

타나토스 마을에서 열심히 알바를 한 이안은 제법 많은 데스 코인을 모았다.

알바라고 해 봐야 마을 NPC들의 잔심부름을 해 준 것이 고작이었지만, 그래도 무려 300코인이 넘는 거액(?)을 모은 것이다.

하지만 현재 이안이 보유 중인 코인은…….

-보유 중인 데스 코인 : 57코인

고작 57코인뿐이었다.

그리고 그 이유는 간단했다.

'이게 없었으면 베히모스를 찾아 나설 엄두조차 못 냈을 테니 말이야.'

타나토스 마을의 대장간에서만 구할 수 있는 아티팩트인, '죽음의 망토'를 구입했기 때문이었다.

죽음의 망토	
분류 : 망토	등급 : 유일

타나토스 마을의 대장장이인 '우퍼'가 심혈을 기울여 만든 망토이다.
이 망토를 뒤집어쓰고 있으면, 죽음의 기운으로 생기를 지울 수 있다.
*저승의 감찰관을 피할 수 있는 아이템입니다.
*전투가 시작되면, 망토의 효과가 발동하지 않습니다.

이 망토가 있어도 에레보스에서 사냥하는 건 불가능했지만, 어쨌든 지금의 이안에게 딱 필요한 아이템이었다.

망토를 뒤집어쓴 이안은, 벌써 일주일 째 코퀴토스 강 인근을 샅샅이 뒤지고 있었다.

'이제는 슬슬 나올 때가 된 것 같은데……. 안 뒤져 본 곳이 거의 없단 말이지.'

이안의 근성은 타의 추종을 불허하는 수준이었지만, 그런 그조차도 일주일간의 여정은 쉽지 않았다.

차라리 전투나 퀘스트라도 하면 괜찮겠는데, 어딘가에 숨어 있을 베히모스를 찾는다고 계속해서 걷고만 있으니…….

당연히 힘들고 지루할 수밖에 없는 것이다.

'무식하게 커서 어디 숨어 있기도 힘들 녀석인데……. 대체 어디 있는 거야?'

이미 녀석이 코퀴토스를 건넜을지도 모른다는 불안감이 이안의 머릿속을 엄습했다.

하지만 고개를 절레절레 저어 불안을 떨쳐 낸 이안은, 다시 힘을 내서 움직이기 시작했다.

온통 습기 차고 눅눅한, 늪지대와 같은 코퀴토스 강변.

그런데 그때였다.

쿠쿵- 쿠쿠쿵!

고요하기 그지없던 늪지대가 갑자기 요란한 소리를 내며 진동하기 시작했다.

"……!"

머리에 돋아 있는 우악스럽고 커다란 세 쌍의 뿔과, 콧등에 솟아 있는 붉고 두툼한 뿔.

코뿔소를 연상케 하는 얼굴에 공룡과도 같이 거대한 몸.

등줄기를 따라 꼬리까지 울긋불긋 돋아 있는 돌기들을 확인하자마자, 이안은 쾌재를 부를 수밖에 없었다.

"으아아앗, 심봤다!"

그리고 이안의 비명이 끝나자마자 반가운 울음소리가 이어졌다.

크아아오오!

귀가 먹먹해질 정도의 거대한 포효는, 분명히 이안이 알고 있고 찾고 있던 '그 녀석'의 것이었다.

─베히모스 : Lv. 19(초월)

최강의 마수를 연성해 내기 위해 이안에게 꼭 필요했던 마지막 한 조각의 열쇠.

하지만 누구 덕분에(?) 마계에선 멸종해 버린 탓에, 더 이상 찾을 수 없게 되었던 녀석이었다.

'이제 이 녀석을 봉인시키기만 하면……!'

이안의 두 눈에 희열이 차올랐다.

벌써 몇 개월째 인벤토리 한 구석에 고이 모셔져 있던, '베히모스의 알'을 드디어 부화시킬 수 있게 된 것이니 말이다.

베히모스의 알을 부화시키기 위해 필요한 두 가지 중 하나인 '극마염極魔炎'은 이미 준비해 두었으니, 이제 녀석의 영혼을 봉인하여 봉인석만 완성하면 되는 것이다.

'역시 우리 그리퍼 아재는 모르는 게 없어!'

신이 난 이안은, 들고 있던 정령왕의 심판을 집어넣은 뒤, 그리퍼로부터 받은 봉인석을 꺼내어 쥐었다.

이제 녀석에게 다가가서, 이 봉인석을 사용할 차례였다.

-크르렁-!

어느새 이안을 발견한 베히모스가 사나운 표정으로 그를 노려보았다.

그리고 그런 녀석을 응시하면서 이안은 마른 침을 꿀꺽 삼켰다.

'녀석에게 한 대라도 제대로 맞으면, 그대로 난 죽어 버릴 거야. 절대로 그럴 수는 없지.'

이안은 긴장한 표정으로, 녀석을 향해 천천히 다가갔다.

그런데 잠시 후, 그는 뭔가 좀 이상하다는 것을 깨달을 수 있었다.

"……?"

이안을 발견한 베히모스가 뒤로 주춤주춤 물러서고 있었던 것이다.

'뭐지? 레벨도 높은 녀석이 왜 저러는 거야?'

이해가 되지 않는 이안은 고개를 갸웃하였지만, 베히모스가 뒷걸음질 친 이유는 사실 간단했다.

녀석의 기억 속에는, 마계에서 이안에게 당했던 기억이 아직까지도 강하게 남아 있었던 것이다.

-끄어, 끄어어어-!(오지마 이 괴물 같은 놈아!)

온몸을 격렬하게 휘저으며, 이안에게서 도망치려는 베히모스.

하지만 녀석이 어떤 생각을 가졌는지 알 길이 없는 이안은, 더욱 긴장감만 높아질 뿐이었다.

'저게 대체 왜 저러는 거야? 차라리 날 공격하려 해야 접근하기 더 쉬울 것 같은데…….'

원래 이안의 계획은, 베히모스가 자신을 향해 달려드는 순간 역으로 지근거리까지 접근할 생각이었다.

강력한 공격력을 가지고 있기는 하지만 무척이나 둔해 빠진 녀석의 움직임 정도는, 충분히 피해서 접근할 자신이 있었기 때문이었다.

한데 이 이상한 녀석은, 생각지도 못했던 행동을 보여 주고 있었다.

이안을 공격하는 대신, 온몸을 휘저으며 뒤로 주춤주춤 물러나고 있으니 말이다.

때문에 이안으로서는 더욱 곤란한 상황이 되고 말았다.

'저 움직임을 뚫고 접근하는 건 너무 도박일 것 같은데…….'

쉴 새 없이 휘두르는 거대한 꼬리와 늪지대를 전부 뭉개 버리기라도 하겠다는 듯 끊임없이 쿵쾅거리는 네 개의 거대한 다리.

몸집이 작은 이안으로서는, 잘못 접근했다가 저 흙탕물 안쪽으로 휘말려 들어갈 수도 있었다.

'흐음……. 방법은 이것뿐인가?'

뒤로 한 발짝 물러난 이안은 핀과 뿍뿍이를 동시에 소환했다.

–끼요오오–!

–뿍, 뿌뿍–!

그리고 핀의 귀에 대고, 낮은 목소리로 소곤거렸다.

"핀, 뿍뿍이를 태우고 올라가서 베히모스의 등에 떨어뜨려 줘."

베히모스는 네 발로 지면을 지탱하고 있는 거대한 공룡 같은 생김새를 가지고 있다.

때문에 아무리 발버둥 치더라도 허공에서부터 떨어져 내리는 물체를 막아 낼 수는 없었다.

아예 몸을 뉘이지 않는 이상 말이다.

'조금 위험할 수도 있겠지만, 결국 공간왜곡을 활용하는 수밖에 없겠어.'

핀이 뿍뿍이를 허공에서 떨어뜨리면, 타이밍 맞춰서 뿍뿍이와 본인의 위치를 바꾸려는 것.

한편 영문도 모른 채 핀의 발톱에 등껍질이 부여 잡힌 뿍뿍이는 사색이 되어 고개를 도리도리 젓고 있었다.

"뿍! 핀아, 왜 이러냐뿍? 어제 네 미트볼 몰래 먹어서 이러는 거냐뿍?"

하지만 뿍뿍이의 반항에도 아랑곳않고 이안의 명령을 충실히 수행하는 핀.

이 위험천만한 작전에 뿍뿍이가 선택된 이유는 정말 간단했다.

"뿍뿍아, 네가 제일 작고 단단하니까 어쩔 수 없었어."

"주, 주인아, 내가 잘못했뿍!"

폴리모프를 풀지 않았을 경우 몸집이 작기 때문에 베히모스의 등 위까지 접근할 확률이 가장 높고, 빡빡이를 제외하고는 가장 방어력이 높은 뿍뿍이가 선택될 수밖에 없었던 것이다.

어쨌든 뿍뿍이를 태운 날아올랐고 이안은 베히모스의 시선을 끌기 위해 좀 더 적극적으로 움직이기 시작했다.

"친구, 우리 오랜만이지? 너 찾느라고 내가 얼마나 고생했다고."

-끄어어어! 쿠와아쿠아애!(저승까지 쫓아오다니! 저승사자보다 더한 놈!)

"다시 지상계로 부활시켜 줄 테니까. 이 형만 믿고 좀 따라와 주면 안 되겠니?"

-꾸웩- 꾸워어어!(싫어! 싫다고!)

베히모스는 이안이 정말 싫은지, 거구를 들썩이며 이안의 접근을 열심히 막아 내었다.

거대한 몸으로 늪지대를 계속해서 두들기자 소용돌이가 생겨나서 이안이 접근조차 할 수 없게 된 것이다.

하지만 잠시 후……

-꾸워어?

베히모스는 자신의 등에 느껴지는 이질적인 감촉에 당황

할 수밖에 없었다.

뭔가 등을 꼬집는 듯한 느낌을 받은 것이다.

그리고 다음 순간, 이안의 입에서 스킬의 시동어가 발동되었다.

"공간왜곡!"

이어서 베히모스의 눈앞에 어느새 나타난 작고 새침한 한 마리의 거북이.

"뭘 보냐뿍? 거북이 처음 보냐뿍?"

그리고 베히모스는 이 특이한 거북이가 왠지 낯익다는 느낌을 받았다.

-꾸웍? 꾸워워어? (이 거북이 어디서 본 것 같은데?)

"어디서 본 것 같은 게 아니고, 저번에 봤었다뿍. 정말 멍청한 도마뱀이다뿍."

-크어어! (난 멍청하지 않다!)

베히모스의 말을 알아들을 수 있는지, 뿍뿍이는 녀석의 약을 올리기 시작했다.

그리고 마침내…….

-크워어! 크워어어!(못생긴 거북이! 용서할 수 없다!)

마침내 분노한 베히모스가, 포효를 내뱉으며 입을 쩍 하고 벌렸다.

"뿌, 뿌북!"

마치 자신을 삼켜 버릴 것처럼 커다랗게 입을 벌린 베히모스를 보며 겁에 질린 뿍뿍이는 뒷걸음질 치기 시작했다.

하지만 그것도 잠시일 뿐.

우우웅—!

거대한 공명음과 함께, 베히모스의 거구가 하얀 빛에 휩싸였다.

"휴우, 죽을 뻔했뿍."

뿍뿍이는 고개를 절레절레 저으며 자리에 주저앉았다.

이어서 몸 전체가 빛에 휩싸인 베히모스는 이안의 봉인석으로 빨려 들어갔다.

콰아아아—!

그와 동시에 이안의 눈앞에 새로운 시스템 메시지가 떠올랐다.

띠링—!

—'영혼 마력 봉인석' 아이템을 사용하셨습니다!

—태초의 마수, '베히모스'의 영혼을 성공적으로 봉인하셨습니다!

—'영혼 봉인'에 성공하셨습니다.

—해당 영혼이 가진 힘의 일부를 흡수합니다.

—초월 경험치가 57만큼 증가하였습니다.

베히모스가 사라진 드넓은 자리에, 봉인석을 틀어쥔 채 홀로 서 있는 이안.

"드디어……!"

명계에서 볼일이 일단락된 그의 한쪽 입꼬리가 슬쩍 말려 올라갔다.

스하아아―!

늪지가 우거진 코퀴토스 강의 어귀.

스산한 소리가 울려 퍼지며, 어두운 로브를 뒤집어쓴 두 구의 그림자가 연기를 타고 솟아올랐다.

후우웅―!

이어서 짧은 공명음과 함께, 그 그림자들은 각각 거대한 낫을 든 남자의 형상이 되어 그 자리에 모습에 나타났다.

그리고 두 흑의인 중 한 명의 입에서 낮은 신음성이 새어 나왔다.

"크흐음."

남자는 천천히 걸음을 옮기기 시작했다.

그러자 그의 발에서 시커먼 연기가 피어오르더니, 마치 미끄러지듯 그의 신형이 이리저리 움직였다.

"이번에도 놓쳐 버렸군."

한 남자의 중얼거림에, 다른 남자가 천천히 고개를 끄덕이며 대답했다.

"쥐새끼 같은 놈. 감히 감찰관의 눈을 피해 에레보스를 활보하다니."

두 남자의 정체는 바로 저승감찰관.

그들은 며칠 전부터 이안의 흔적을 따라 움직이고 있었다.

"뮤칸 님께서 분노하실 텐데……."

"별수 없지 않겠나. 어떻게는 녀석을 잡는 수밖에."

그렇지 않아도 생기라고는 찾아볼 수 없는 두 남자의 표정이 더욱 어두워졌다.

"다음에는 결코 놓치지 않으리라."

주먹을 불끈 쥐며 이를 가는 두 명의 저승 감찰관.

하지만 그들은 알 수 없었다.

이번이 이안을 잡을 수 있는, 마지막 기회였다는 것을 말이다.

"아이고, 나이가 들어서 그런지 좀이 다 쑤시누."

콜로나르 대륙 동쪽 끝.

이제는 제법 많은 유저들이 들락거리지만, 한때는 인적을 찾아볼 수 없었던 차원의 마탑.

마탑의 뒤뜰에서 오늘도 셀리파와 함께 놀고 있던 그리퍼는 의자에 털썩 주저앉아 음료수를 벌컥벌컥 마셨다.

"그래도 저 녀석 키우는 맛에 요즘 시간 가는 줄 모른다니까."

푸르릉―!

지난번 이안의 방문 이후, 그리퍼는 셸리파에게 '회귀의 알약'을 복용시켰다.

즉, 1레벨로 초기화시켜 다시 키우기 시작했던 것이다.

그 이유야 당연히 이안에게서 배운 '소환수 육성학개론'을 적용시켜 완벽한 소환수로 만들고 싶었기 때문.

그리고 이안에게 배운 내용들은 정말 대단했다.

지금 셸리파의 레벨이 아직 두 자리 수임에도 불구하고, 125레벨이었던 초기화 전보다도 훨씬 강력하게 성장한 것이다.

"후후, 역시 이안 녀석은 타고난 학자야. 소환술사가 되기는 아까운 녀석이었지."

잠시 이안을 떠올려 보던 그리퍼는 셸리파에게 먹이를 준 뒤 탑을 오르기 시작했다.

오늘 하루 종일 셸리파를 육성하는 데 힘을 쏟았으니, 이제는 좀 쉬고 싶었기 때문이었다.

계단을 오르는 그리퍼의 이마에 땀이 송글송글 맺히자 그는 다시 투덜거렸다.

"역시 장마철은 지옥이야. 지난번에 이안 녀석이 말했던 '에어컨'이라는 걸 개발하든지 해야겠어."

물론 대마법사인 그리퍼는 마법으로 연구실을 시원하게 할 수도 있었다.

계단을 오르지 않고 '블링크'를 사용해 순간 이동할 수도 있고 말이다.

　하지만 마법을 사용한다는 것은 무척이나 귀찮은 일이었고, 이안에게 들은 에어컨이라는 물건은 알아서 방을 시원하게 해 준다지 않던가.

　어쨌든 투덜거리며 계단을 오른 그리퍼는 연구실 문을 벌컥 열고 안으로 들어섰다.

　그런데 다음 순간, 그리퍼의 주름진 얼굴이 또다시 확 하고 구겨졌다.

　"뭐야! 이거 왜 이렇게 더워?"

　연구실 안에서 마치 난로를 떼기라도 한 듯, 엄청난 열기가 느껴졌기 때문이었다.

　마탑의 꼭대기 층인 연구실은 불어오는 해풍으로 인해 어지간하면 시원한 곳이었고, 그것을 기대하며 문을 연 그리퍼에게 이 생각지도 못했던 상황은 엄청난 배신감을 안겨 주었다.

　"다 얼려 버려야겠어."

　분노에 찬 그리퍼는 양손을 들어 빙계 마법을 캐스팅하기 시작했다.

　아무리 귀찮아도 이번만큼은 얼음 마법을 발동시켜 탑 전체를 얼려 버릴 생각이었다.

　하지만 잠시 후, 전력을 다해 마법을 캐스팅하던 그리퍼는 마나 운용을 멈출 수밖에 없었다.

"자, 잠깐, 그리퍼, 멈춰 봐요!"

연구실 안쪽에서, 다급하기 그지없는 목소리가 들려왔기 때문이었다.

그리고 그 목소리는, 무척이나 낯이 익었다.

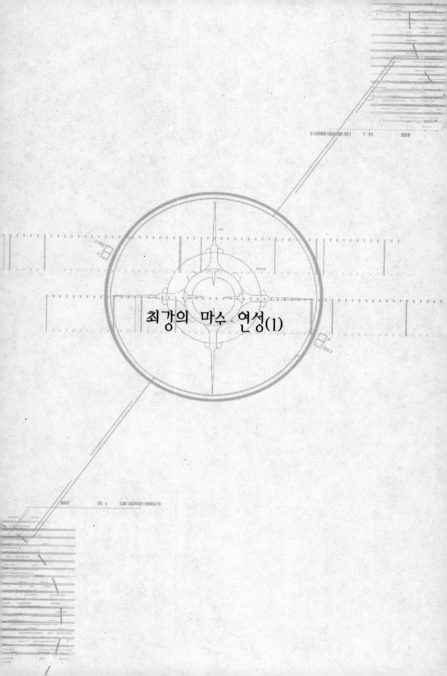

최강의 마수 연성(1)

Taming
Master

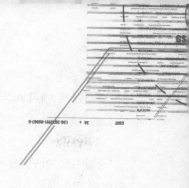

　"그러니까⋯⋯. 정말 저승에 가서 베히모스를 잡아 온 거란 말이지?"

　"그렇다니까요."

　"허헐, 그게 가능한 일이었다니⋯⋯."

　"그리퍼가 알려 준 방법이었잖아요!"

　"아니, 그게⋯⋯. 그렇기는 한데⋯⋯."

　"무슨 문제 있어요?"

　"문제? 당연히 있지."

　"뭔데요?"

　"네가 아직 인간이라는 거다."

　"⋯⋯?"

"명계에서 베히모스를 잡아 왔다면, 분명 에레보스에 들어갔을 터."

"그렇죠."

"중간자도 아닌 '살아 있는 인간'이, 대체 어떻게 그럴 수 있었던 것이냐는 말이지."

"하핫, 그건 비밀입니다."

"괴물 같은 놈……."

마탑 꼭대기층에 있는 그리퍼의 연구실.

그 안에서는, 이안과 그리퍼가 도란도란(?) 이야기를 나누고 있었다.

그런데 재밌는 것은, 그들이 하고 있는 모양새였다.

마법으로 꽁꽁 얼린 철판을 깔고 앉은 채, 어마어마한 불길 속을 들여다보고 있는 두 사람.

뭔가 아이러니한 모습이라 할 수 있었다.

"그나저나 그리퍼."

"왜. 이 괴물 같은 녀석아."

"저 녀석들……. 무사히 부화할 수 있겠죠?"

"그야 네 녀석이 들고 온 물건이 확실하다면, 당연히 부화하겠지."

"물건은 확실합니다."

"그럼 기다려 봐."

그리퍼의 연구실 전체를 마치 한증막처럼 후덥지근하게

만들었던 범인.

그것은 바로, 이안이 피워 놓은 극마염 때문에 일어난 일이었다.

이안은 구해 두었던 극마염을 모조리 한 번에 사용해 버렸고, 덕분에 그리퍼의 연구실이 녹아내릴 듯 뜨거워진 것이다.

그리고 그 극마염의 안쪽에 나란히 놓여 있는 세 개의 푸른 알들.

"베히모스야, 어서 알을 깨고 나오렴."

당연히 그 알들은, 이안이 고이 모셔 두었던 베히모스의 알들이었다.

'크, 생각만 해도 설레는구먼. 베히모스를 본체로 한 마수 연성이라니.'

이안은 베히모스를 사냥했던 당시, 솔로 플레이를 했던 게 아니었다.

훈이와 카노엘까지, 셋이서 함께 베히모스를 사냥했던 것이다.

때문에 세 개의 알은 원래대로라면 각각 하나씩 나눠 가져야 했었다.

하지만 보다시피 세 개의 알들이 전부 이안에게 있는 이유는, 이안이 정당한 대가를 지불하고 가져왔기 때문이었다.

'뭐, 훈이는 베히모스 가죽으로 만족했었고, 노엘이한테는 골드를 충분히 줬으니까.'

이안이 만약 베히모스를 그냥 육성할 계획이었더라면, 굳이 세 개의 알이 전부 필요하지 않았을지도 모른다.

하지만 이안은 마수 연성을 할 계획이었다.

그리고 그를 위해서는 세 마리의 베히모스가 전부 필요했다.

'어서 나오란 말이야, 어서!'

이안은 눈빛으로 알을 쪼개기라도 하겠다는 듯 쪼그려 앉은 채 뚫어져라 세 개의 푸른 알들을 응시하고 있었다.

그런데 바로 그때였다.

쩌적— 쩌저적—!

세 개의 알들 중 가운데 있던 알에 조금씩 금이 가기 시작했다.

그것을 확인한 그리퍼 또한 탄성을 지르며 자리에서 벌떡 일어났다.

"오오!"

이안은 두 주먹을 불끈 쥐었다.

"좋았어!"

이어서 이안의 눈앞에, 새로운 시스템 메시지가 떠올랐다.

띠링—!

-조건을 충족하였습니다.

-전설의 마수 '베히모스'의 알이 부화를 시작합니다.

-'베히모스 영혼마력 봉인석' 아이템을 사용하시겠습니까? (Y/N)

세 개의 푸른 알의 앞에 보랏빛 기운이 뿜어져 나오는 영혼마력 봉인석이 허공에 두둥실 떠올랐다.

그리고 이안은 한 치의 망설임도 없이 고개를 끄덕였다.

"당연하지! 바로 사용한다!"

이안의 말이 끝나기가 무섭게 봉인석은 조각조각 부서지기 시작했다.

그리고 그 사이에서 새어 나온 강력한 기의 파동이 세 개의 베히모스의 알들을 감싸며 포개었다.

우우웅―!

낮은 공명음이 울려 퍼지며, 이안의 눈앞에 시스템 메시지가 연이어 떠올랐다.

띠링―!

―전설의 마수 '베히모스'가 알을 깨고 나오기 시작합니다. (부화율 : 7퍼센트)

―전설의 마수 '베히모스'가 알을 깨고 나오기 시작합니다. (부화율 : 4퍼센트)

―전설의 마수 '베히모스'가 알을 깨고 나오기 시작합니다. (부화율 : 3퍼센트)

―성공적인 부화를 위해서는, 양질의 영혼 마력과 마계의 열기가 필요합니다.

이안은 마치 그 안으로 빨려 들어가기라도 할 듯, 말아 쥔 주먹에 더욱 힘을 주며 시선을 떼지 않고 있었다.

그런 이안을 응시하던 그리퍼가 피식 웃으며 입을 열었다.

"이안, 자네 혹시……. 지금 마령석 가진 거 좀 있나?"

"당연하죠."

"혹시 최상급 이상의 물건인가?"

"최상급도 지금 두어 개는 있을 걸요?"

"오호."

"갑자기 마령석은 왜요?"

이안은 의아한 표정이 되었다.

마령석은 본래, 마수 연성의 성공률을 높여 주는 마계의 광물이다.

때문에 지금 상황에서 그리퍼가 언급한 이유를 알 수 없었던 것이다.

그리고 의아한 표정의 이안을 향해, 그리퍼가 다시 말을 이었다.

"최상급의 마령석을 극마염에 녹인다면, 좀 더 건강한 베히모스가 태어날 확률이 높아질 걸세."

"그, 그래요?"

"힘들게 명계까지 다녀왔는데, 그 정도 투자는 해 보는 게 어떻겠나?"

"으…….."

그리퍼의 입에서 나온 정보는, 생각지 못한 것이었지만 분명 유용한 것이었다.

하지만 그럼에도 불구하고 이안이 선뜻 실행할 수 없었던 이유는……

'최상급 마령석이 뉘 집 애 이름도 아니고, 애들 건강해지라고 수천만 원을 투자하란 말이야?'

최상급 마령석이, 이안조차도 몇 개 가지고 있지 않은 어마어마한 고가의 물건이기 때문이었다.

경매장에는 올라와 있지도 않은 희귀한 물건이었지만, 굳이 가격을 책정해 본다면 개당 2~3천만 골드 정도는 책정될 물건.

'어디 보자, 지금 인벤토리에 세 개 있으니까 딱 숫자가 맞긴 한데…….'

그리고 문제는 가격뿐만이 아니었다.

이안이 이 마령석을 고이 모셔 뒀던 이유는, 마수 연성에 사용하기 위해서였던 것이다.

때문에 여기서 세 개를 전부 다 사용해 버리면 곤란해지는 것.

물론 마계에 있는 이안의 광산을 좀 털면 한 개 정도는 더 건질 수도 있겠지만 말이다.

그런데 고민에 빠져 있던 이안의 귓전으로, 그리퍼의 음성이 다시 들려왔다.

"가지고 있는 마령석이 있으면 얼른 녹이시게. 알이 다 부화되기 전에 녹여야 효과가 있단 말이네."

"세 개를……. 녹여야겠죠?"

"아니야, 한 개만 녹이면 돼. 여러 개 넣어 봐야 소용없을 걸세."

그리퍼의 대답을 듣자마자, 이안은 냉큼 인벤토리에서 최상급 마령석을 꺼내어 들었다.

'그래, 한 개 정도는 투자할 수 있지!'

이안은 수천만 원짜리 광물을 망설임 없이 불길 속으로 던져 넣었다.

이어서 이안의 눈앞에 새로운 시스템 메시지들이 다시 떠올랐다.

띠링-!

-'최상급 마령석' 아이템을 사용하셨습니다.

-'최상급 마령석'이 극렬한 마계의 화염에 의해 녹아내립니다.

-강력한 마령의 힘이 허공에 퍼져 나갑니다.

-'베히모스의 알'의 부화 속도가 빨라집니다.

수천만 원짜리 제물 덕에 힘이 세진 것인지, 세 마리의 주니어 베히모스들은 더욱 빠르게 알을 깨고 나오기 시작했다.

쩌적- 쩍- 쩍- 쩍-!

거의 5~10초에 1퍼센트씩 오르던 알의 부화율이, 세 배 이상 빠르게 상승한 것이다.

그리고, 그렇게 2분 정도의 시간이 지났을까?

쩌어엉-!

가장 먼저 부화를 시작했던 가운데의 베히모스가, 드디어 알을 전부 깨고 그 모습을 드러내었다.

띠링-!

-전설의 마수 '베히모스'를 부화시키는 데 성공하셨습니다!

-최초로 '전설의 마수'의 알을 부화시키셨습니다!

-명성이 25만 만큼 증가합니다!

-통솔력이 300만큼 증가합니다!

-마기를 3천 만큼 획득합니다!

……후략……

가운데의 베히모스 주니어가 부화를 마치자, 나머지 두 녀석들도 차례로 알을 깨고 모습을 드러낸다.

덕분에 이안의 시야는 수많은 시스템 메시지들로 도배되었지만, 기분은 날아갈 것만 같았다.

'크흐흐흐. 드디어……! 이제 마지막으로 세르비안을 찾아가면 되겠어!'

크릉- 크르릉-!

크르르륵-!

누가 맹수의 핏줄 아니랄까 봐 저마다 으르렁거리며 꿈틀 거리는 세 마리의 마수들.

녀석들을 보는 이안은 싱글벙글한 표정이었고 그리퍼는 그 옆에서 부러운 표정으로 이안을 바라보고 있었다.

"이안 군."

"네, 그리퍼."

"나 한 마리만 주면 안 되겠는가?"

그리퍼는 초롱초롱한(?) 두 눈으로 이안을 응시했다.

하지만 이안은 대답 대신, 서둘러 차원 포털을 오픈하였다.

"그리퍼, 나중에 봐요! 오늘은 제가 좀 바빠서……!"

순식간에 세 마리의 베히모스와 함께 포털 안으로 사라지는 이안을 보며, 그리퍼는 입술을 삐죽 내밀었다.

"치사한 놈, 우리 셀리파에게 친구가 하나 필요했었는데……."

최강의 마수 연성.

이안이 지금껏 그토록 노래를 불러 왔던 '최강의 마수 연성'이란 과연 무엇일까?

그것은 그렇게 간단하지 않으면서도, 단 한 줄로 설명할 수 있는 것이기도 했다.

－현존하는 가장 강력한 마수들의 장점만 모아, 최고의 마수를 만들어 내는 것.

바로 이것이 이안이 꿈꾸는 '최강의 마수'였으니 말이다.

그렇다면 최강의 마수 연성을 하기 위해서는, 어떤 준비물이 필요할까?

그것을 알기 위해서는, 먼저 마수 연성 시스템을 정확히 이해해야만 한다.

카일란에서는 '마수 연성'에 대해, 다음과 같이 설명하고 있다.

마수 연성술

마수 연성술은 두 마리 이상의 마수를 연성하여 더 강력한 마수를 만들어 낼 수 있는 금단의 비술이다.

시전자의 손재주가 높을수록 연성된 마수가 높은 등급으로 태어날 확률이 높아지며, 마수 연성의 성공률 또한 상승한다.

기본적으로 마수 연성을 위해서는 연성으로 태어날 마수의 본체가 될 메인 마수가 하나 필요하며, 추가로 재료가 될 하나 이상의 마수가 필요하다.

마수 연성에 성공한다면, 메인 마수를 베이스로 한층 강화된 마수를 얻을 수 있을 것이다.

*본체가 될 마수는, 항상 재료가 될 마수보다 등급이 높거나, 혹은 같아야만 한다.

*마수 연성술에 실패한다면, 재료가 될 마수는 사라진다. 하지만 본체가 될 마수는 사라지지 않는다.

*그밖에 마수를 연성할 시, '마령석'이나 '마수 능력석'과 같은 특별한 재료를 첨가할 수 있다.

마수 연성술의 기본 설명에서도 알 수 있듯 마수를 연성할 시 가장 먼저 필요한 것은 베이스가 될 '메인 마수'이다.

그리고 이안은 '최강의 마수'를 만들어 낼 메인 마수로 '베히모스'를 선택하였다.

이안은 대체 왜, 많은 전설 등급의 마수들 중에서 굳이 '베히모스'를 선택한 것일까?

그것도 명계에까지 다녀오는 어마어마한 수고를 불사하고서 말이다.

당연한 얘기겠지만, 여기에는 '그럴 만한' 이유가 존재했다.

이것은 이안이 수백, 수천 번 마수를 연성하는 과정에서 알아낸 첫 번째 비밀.

그리고 세르비안이 알려 준 하나의 '특별한 레시피'와 관련이 있었다.

마계 107구역.

이곳은 원래, 다른 구역들과 별다를 것 없는 마계 유저들의 사냥터 중 한 곳일 뿐이었다.

하지만 몇 개월 전부터 이곳에는 수많은 유저들이 북적였다.

그들의 대부분은 마족의 소환술사 클래스인 '소환마' 클래스의 유저들.

정확히 말하자면 그들이 모여 있는 곳은 107구역의 외곽 쪽에 있는 세르비안의 연구소였다.

이안에 의해 '마수 연성'이라는 콘텐츠의 존재가 공개적으로 알려지게 되었고, 때문에 마수 연성을 하고 싶어 하는 많은 유저들이 세르비안의 연구소로 모여든 것이다.

'마수 연성술사'가 아닌 일반 유저들은 세르비안의 연구소에 있는 장비들이 있어야만 마수 연성이 가능했기 때문.

그래서 세르비안의 연구소는 오늘도 활기 넘쳤다.

"으아앗! 또 실패했어!"

"헐, 이번에 마음먹고 하급 마령석까지 집어넣었잖아."

"그러니까 흑흑. 역시 손재주부터 좀 올려야 하는 걸까?"

"힘내, 짜샤. 나도 그저께 중급 마수 하나 날려먹었다고."

마수 연성에 실패하여 슬픔을 나누고 있는 유저들이 있는가 하면…….

"아잣, 성공이다!"

"오옷, 뭐야? 중급? 상급?"

"크하하핫, 이 형님이 드디어 상급 마수 연성에 성공했단 말씀이야!"

"헐, 심지어 파이톤이잖아? 대박 레시피 공유 좀 해 봐."

성공적으로 상위 등급의 마수를 얻어 기쁨에 찬 비명을 지르고 있는 유저들도 있었다.

하지만 정작 이 연구소의 주인장인 세르비안은 연구소를 가득 메운 손님들이 별로 반갑지가 않았다.

"어휴, 저 근성 없는 놈들. 제자로 받을 만한 녀석은 눈을 씻고 찾아봐도 찾을 수가 없구먼."

마수 연성에 열을 올리는 유저 하나하나가 도무지 마음에 들지 않았기 때문이었다.

　물론 많은 고객들이 지불한 연성 비용으로 인해 연구소는 과거의 열 배 가까이 커진 상태였지만, 그것과 이것은 별개의 문제였다.

　"방에 가서 내 연구나 해야지, 원……."

　그렇게 투덜거린 세르비안은 연구소 가장 안쪽에 있는 자신의 연구실로 걸음을 옮겼다.

　요즘 세르비안은 이안으로부터 받은 한 가지 숙제에 꽂혀 있었다.

　사실 그것은 숙제라기보다는 궁금증이었다.

　연구실에 도착한 세르비안은 의자에 몸을 푹 묻은 채 상념에 빠져들었다.

　"세르비안, 궁금한 게 하나 있어요."

　"오호, 우리 수제자님께서 오랜만에 질문을 하시는군. 그래. 한번 물어보시게. 내가 대답해 줄 수 있는 내용인지는 모르겠지만 말이야."

　"혹시 현존하는 마수들 중에, 가장 전투 능력이 뛰어난 녀석은 어떤 녀석일까요?"

　"음……? 그건 너무 애매한 질문이 아닌가?"

　"뭐가요?"

　"아니, 생각해 보게. 자네도 알다시피, 마수의 전투력을 결정 짓는 요소는 한두 가지가 아니지 않나. 게다가 마수 사이에 상성도 존재하고 말이야."

"아하, 전 어떤 마수가 가장 센지를 물어본 게 아니에요, 세르비안."

"음? 그럼 뭘 물어본 겐가?"

"말 그대로 '전투 능력'을 말하는 거예요."

"……?"

"쉽게 말해 깡 스텟이 가장 높은 마수를 알고 싶다는 거죠."

"아하."

"우리 카카처럼 지능만 말도 안 되게 높은 녀석도 상관없고, 스텟 밸런스가 잘 잡혀 있는 녀석도 상관없어요. 그냥 제가 원하는 건, 모든 능력치의 합이 가장 높은 마수예요."

"흐음, 그거라면……."

이제 한 3개월 정도 지났을까?

세르비안은 과거 이안과의 대화를 회상하며 낮은 침음성을 흘렸다.

"흐음, 녀석은 대체 그게 왜 궁금했을까?"

모든 능력치의 합이 가장 높다는 것은 분명 의미 없는 지표는 아닐 것이었다.

하지만 그렇다고 해서 그 스텟 자체가 실질적인 전투력으로 이어지는 것은 아니었다.

스텟의 분포가 효율적으로 구성되어 있어야 강력한 전투력을 발휘할 수 있으니 말이다.

세르비안의 상념이 다시 이어졌다.

"오, 세르비안, 알고 계신 거죠?"

"후후, 자네 날 너무 고평가하는 건 아닌가?"

"네?"

"아무리 나라고 해도 현존하는 모든 마수들의 능력치를 전부 알고 있지는 못하다네."

"하, 그런가요?"

"다만 확실한 사실 하나는 이야기해 줄 수 있지."

"음?"

"자네, 일전에 '베히모스'를 상대해 본 적 있다고 했지?"

"네. 그랬죠. 그 근육돼지 같은 녀석……."

"내가 가지고 있는 레시피가 하나 있는데, 이거라면 확실히 자네에게 도움이 될 것 같군."

"오오, 그게 뭔가요?"

"잠시만 기다려 보시게. 사실 별로 쓸모없다고 생각했던 레시피라 연구실 구석에 박아 놨었거든."

세르비안은 감고 있던 두 눈을 떴다.

그리고 책상에 올려 있던 하나의 양피지 조각을 만지작거리기 시작했다.

양피지 조각의 상단에는 검붉은 글씨로 한 줄의 글귀가 쓰여 있었다.

- '자이언트 베히모스' 마수 연성 레시피.

"이안 녀석은 정말 자이언트 베히모스를 만들려고 하는 걸까?"

베히모스와 마찬가지로 '전설' 등급의 마수 중 하나인 자이언트 베히모스.

이 자이언트 베히모스는 완벽히 이안이 원했던 마수라고 할 수 있었다.

연성에 성공하여 만들어 내기만 한다면, 현존하는 그 어떤 마수보다 스텟 총합이 높을 수밖에 없는 녀석이 바로 이놈이었으니 말이다.

"스텟 하나만큼은 진짜 이 녀석이 최강이지. 일반 베히모스의 한 배 반, 아니, 두 배 이상 될 테니 말이야."

하지만 녀석에게는 문제가 하나 있었다.

"그러면 뭐 해? 둔해 터져서 아무것도 못하는 녀석인데……."

그 모든 스텟이 생명력과 힘, 그리고 '마기'에만 몰빵되어 있다는 부분이었다.

쉽게 말해 맷집과 공격력은 상당하지만, 민첩성이 너무 낮아서 실제 전투력은 일반 베히모스보다도 훨씬 낮은 녀석이 바로 이 자이언트 베히모스였다.

이안의 목표는 최강의 마수를 연성하는 것이었다.

그리고 그것은 세르비안 또한 잘 알고 있는 사실이었다.

때문에 세르비안은 이안이 대체 왜 이 레시피를 가져갔는지 이해할 수가 없었다.

자이언트 베히모스를 연성해서 만들어질 새로운 마수는, 아무리 생각해도 최강의 마수와 거리가 멀어 보였기 때문이다.

"대체 뭘까? 궁금해서 잠도 오질 않는군."

작은 목소리로 중얼거린 세르비안은 고개를 절레절레 저으며 피식 웃었다.

그의 수제자인 이안은 분명 이번에도 생각지 못했던 엄청난 것을 보여 줄 게 분명했다.

띠링-!

-중급 마수, '자이언트 코웰'을 포획하는 데 성공하셨습니다!

-'자이언트 코웰' 마수를 지금까지 300마리 포획하셨습니다!

-'코웰 전문가' 칭호를 획득하셨습니다!

-명성이 5만 만큼 증가합니다!

눈앞에 떠오르는 시스템 메시지들을 보며, 이안은 이마에 흐르는 땀을 한차례 훔쳤다.

"휴우, 300마리라……. 이 정도면 충분하겠지?"

자이언트 코웰은 마치 코끼리를 닮은 거대한 탱킹형 마수였다.

중급 마수들 중에서 탱커로서 가장 효율이 뛰어난 녀석이기 때문에, 상위권 소환마 유저들이 제법 선호하는 녀석이기도 했다.

녀석을 운용하는 데 필요한 통솔력 대비 효율이 좋은 탓이었다.

물론 지금 이안이 이 녀석을 잡고 있는 이유는, 녀석을 전투에 활용하려는 것은 당연히 아니었지만 말이다.

"흐음, 이제 어디 구석에 자리 잡고 분해 작업을 한번 시작해 볼까?"

이안은 벌써 이삼일 째, 마계 전역을 돌아다니며 마수들을 포획하고 있었다.

그리고 그 이유는, 바로 세르비안으로부터 얻은 '자이언트 베히모스 레시피' 때문이었다.

이안이 생각하는 최고의 마수를 연성하기 위해서는 자이언트 베히모스가 필요했고, 지금 하고 있는 작업이 바로 그 레시피에 들어가는 재료들을 얻기 위한 것이었으니 말이다.

"마수 분해술! 마수 분해술!"

마수 연성술사만이 가진 고유의 스킬.

'마수 분해술'의 시동어가 이안의 입에서 연달아 울려 퍼졌다.

그리고 그에 따라 시스템 메시지들이 주르륵 떠오르기 시작했다.

띠링-!

-중급 마수 '자이언트 코웰'을 분해하는 데 성공하셨습니다!

-마수 분해술의 숙련도가 0.02퍼센트 상승합니다!

-'코웰의 단단한 상아' 아이템을 획득하셨습니다.

-'하급 마정석' 아이템을 획득하셨습니다.

-'중급 경험치 구슬' 아이템을 획득하셨습니다.

-중급 마수 '자이언트 코웰'을 분해하는 데 성공하셨습니다!

-마수 분해술의 숙련도가 0.02퍼센트 상승합니다!

……중략……

-중급 마수 '자이언트 코웰'을 분해하는 데 성공하셨습니다!

-희귀한 재료 아이템을 획득하셨습니다!

-'코웰의 내단' 아이템을 획득하셨습니다!

"아잣, 일단 한 개!"

자이언트 베히모스를 연성해 내기 위해 필요한 핵심 아이템 중 하나인 코웰의 내단.

하지만 내단의 드롭율은 거의 1퍼센트 수준이었고, 때문에 이안의 노가다는 끝없이 이어졌다.

총 다섯 개의 내단을 모아야 하기 때문이었다.

심지어 코웰의 내단이 끝이 아니었다.

"파르프스의 심장. 다크골렘의 마력석……. 바쁘다 바빠. 이번 주 안에는 전부 다 모아야 하는데……."

이안은 쉬지 않았다.

아니, 쉴 수 없었다.

지금 이 순간에도 타이탄 길드와 샤크란은 명계에서 신나게 사냥 중일 테니 말이다.

'어차피 다크 어비스에서는 사냥에 한계가 있겠지만……. 그래도 안심하고 있을 수는 없지.'

이안에게 있어서 '노가다'는 지루하면서도 묘한 중독성이 있는 것이었다.

때문에 이 어마어마한 노가다 작업을 모두 마쳤을 때, 이안은 순식간에 일주일이라는 시간이 지나갔다는 것을 깨달을 수 있었다.

"좋았어!"

척-!

로터스 왕국의 수도인 로터스 영지.

자신의 널찍한 집무실에 들어선 이안은 '자이언트 베히모스'를 연성하기 위한 모든 재료를 꺼내었다.

"일단 본체가 될 녀석부터 설정하고……."

이안은 세 마리의 베히모스 주니어 중 가장 능력치가 훌륭한 녀석을 본체로 설정했다.

이어서 재료가 될 마수는…….

"짜식아, 이리 와."

그 역시 세 마리의 베히모스 주니어 중 다른 한 녀석이었다.

이 '자이언트 베히모스'라는 녀석을 만들기 위해서는, 무려 두 마리의 베히모스가 필요했던 것이다.

우우웅-!

허공에 떠오른 마수 연성 마법진이 강렬하게 진동했다.

무려 두 마리의 전설 등급 마수가 들어가는 작업이다 보니, 마법진으로부터 강렬한 마기가 뿜어져 나오기 시작했다.

-지금부터 '마수 연성술'을 시작합니다.

-'전설' 등급의 마수, '베히모스'를 본체로 설정하시겠습니까?

"오케이."

-'전설' 등급의 마수, '베히모스'를 재료 1로 설정하시겠습니까?

"그래."

마수 연성의 기본이 되는 두 마리의 마수를 설정하고 나자, 추가로 시스템 메시지가 떠올랐다.

-연성술에 필요한 아이템이나 마수를 추가로 설정할 수 있습니다.

메시지와 함께 떠오르는 이안의 인벤토리 창.

잠시 고민하던 이안은 아껴 두었던 최상급의 마령석 하나를 꺼내어 들었다.

'세르비안의 말에 따르면 실패 확률이 크지 않은 레시피라고는 하지만…….'

실패 확률이 크지 않다고 해서 없는 것은 아니다.

그리고 이 작업은 절대로 실패해서는 안 된다.

마수 연성의 기본 성공 확률이 얼마인지 알았다면 그에 맞는 마령석을 집어넣었겠지만, 시스템 코드를 뜯어 보지 않는 한 그런 것은 알 수 없었다.

때문에 이안은 눈물을 머금고 최상급 마령석을 투하하였다.

-'최상급 마령석'을 연성 재료로 추가하셨습니다.

-연성술의 성공 확률이 50퍼센트만큼 증가합니다.

이어서 이안은 모아 두었던 레시피의 재료들을 차례로 마법진에 집어넣었다.

-'자이언트 코웰의 내단×5' 아이템을 추가합니다.

-'파르프스의 심장' 아이템을 추가합니다.

-'다크골렘의 마력석×25' 아이템을 추가합니다.

……중략……

-'상급 마정석' 아이템을 추가합니다.

모든 재료를 집어넣은 이안은 마른침을 한차례 꿀꺽 집어삼키며, 천천히 마법진을 작동시켰다.

─연성술에 필요한 재료를 모두 설정하셨다면, 마수 연성을 시작합니다.

 이안의 눈앞에 두 마리의 베히모스들이 허공으로 떠올랐고, 동시에 마법진 중앙에 빨려들어 간 최상급 마령석이 강렬한 광채를 뿜어내었다.

 "제발……!"

 절대로 실패해서는 안 되는, 지금까지 이안이 해 왔던 연성술 중 가장 중요한 연성술.

 이안의 양손이 허공으로 천천히 들렸고, 손에서 빠져나온 마기가 두 마리의 베히모스를 감싸며 하나로 합쳐지기 시작했다.

 쿠오오오─!

 붉은 기류와 하얀 빛이 합쳐지며 연출하는 신비로운 광경.

 그리고 잠시 후, 하얀 빛이 허공에서 터져 나가며, 그 자리에 새로운 한 마리의 마수가 탄생했다.

 띠링.

 ─'마수 연성술'을 성공적으로 완료하셨습니다!

 ─'마수 연성술'의 숙련도가 8.5퍼센트만큼 상승합니다.

 ─연성 등급 : C⁺

 ─연성 등급이 B등급 이하이므로 마수의 등급이 상승하지 않습니다.

 ─'전설' 등급의 마수 '자이언트 베히모스'가 탄생했습니다.

 C⁺라는 연성 등급은, 분명 아쉬운 등급이다.

하지만 이안의 표정은 싱글벙글했다.

지금의 이 결과가 이안이 원했던 바로 그 결과였으니 말이다.

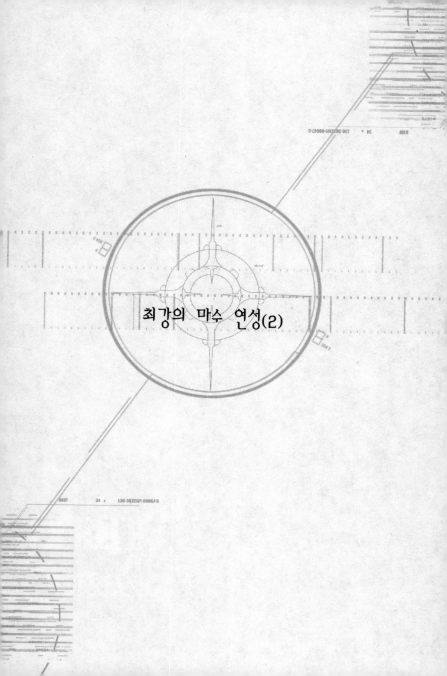

최강의 마수 연성(2)

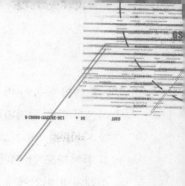

이안이 이 '비밀'을 발견하게 된 것은, 정말 어마어마한 집념과 노가다의 결과라고 할 수 있었다.

이것은 과거 이안이 한창 마계를 활보하던 시절, 충복 2호인 카노엘을 착취하면서 벌어졌던 일이었다.

"야, 노엘아."

"예, 형님."

"훈이한테 소식 들었다."

"무슨…… 소식요?"

카노엘의 동공이 미세하게 흔들렸다.

이안의 말을 듣자마자, 본능적으로 뭔가를 느낀 탓이었다.

'혹시 이 형, 내가 소환마 전용 전설 등급 허리띠 먹었다는 얘길 듣기라도 한 건가?'

이래저래 이안에게 신세진 게 많았기 때문에 카노엘은 불안했다.

이안이 허리띠를 달라고 하는 순간, 꼼짝없이 조공해야 하기 때문이었다.

사실 허리띠를 팔면 얻을 수 있을 골드가 아까운 것은 아니었다.

재벌3세인 카노엘에게, 돈이란 무한이나 다름없었으니 말이다.

다만 이번에 카노엘이 먹은 허리띠는 돈으로도 구할 수 없는 희귀한 물건이었다.

때문에 카노엘이 긴장한 것이다.

하지만 그에 전혀 아랑곳하지 않고 이안의 말이 이어졌다.

"노엘이 너, 이번에 무한 노가다 퀘스트 받았다며?"

"아, 맞아요, 형. 로페른 퀘스트 드디어 받았어요."

대답을 하는 카노엘의 표정이 살짝 밝아졌다.

'휴, 다행이야. 이안 형이 아직 득템 소식은 모르나 보군. 훈이 짜식이 그래도 의리 없는 녀석은 아니라니까.'

이안이 자신을 찾아온 목적이, 적어도 허리띠는 아닌 것 같았기 때문이었다.

이안의 말이 다시 이어졌다.

"그 퀘스트 아마, '히포스'랑 '레이피온' 포획하는 퀘스트였지?"

"어, 맞아요, 형. 형도 역시 이 퀘스트 클리어하셨군요?"

"물론."

이안의 대답을 들은 카노엘의 표정이 살짝 밝아졌다.

'이안 형이 혹시 내 퀘스트를 도와주러 온 건 아닐까? 어쩌면 이 형, 생각보다 더 착한 형이었을지도 몰라.'

지금 카노엘이 진행 중이던 퀘스트는 마계의 소환술사 관련 퀘스트들 중에서 최고의 노가다를 자랑하는 것이었다.

하지만 동시에 대부분의 소환마 유저들이 필수적으로 진행하는 퀘스트이기도 했다.

퀘스트의 보상이 난이도에 비해 짭짤했기 때문.

그것은 퀘스트 창을 잠시만 살펴봐도 알 수 있는 사실이었다.

중급 마족 로페른의 내기(히든)

중급 마족이자 소환마인 로페른은 무척이나 자존심이 강한 마족이다.
그리고 뭘 하든 지기 싫어하는 성격을 가진 로페른은 '내기'를 무척이나 좋아한다.
그러던 어느 날, 로페른은 말실수를 하고 말았다.
소환마 친구인 마르텔에게, 자신이 삼백 마리의 히포스와 레이피온을 일주일 내로 포획할 수 있다고 말해 버린 것이다.

심지어 마르텔과 말싸움을 하던 로페른은 결국 그와 내기를 하기에 이르렀다.

로페른의 포획 실력은 사실 형편없다.

하지만 자존심이 강한 그는, 내기에 절대로 지고 싶지 않다.

하여 로페른은 당신이 각각 삼백 마리의 히포스와 레이피온을 포획해 주기를 바란다.

일주일 내로 총 육백 마리의 마수들을 포획하여, 로페른이 내기에서 이길 수 있도록 해 주자.

날짜에 맞춰 육백 마리의 마수들을 보여 주기만 한다면, 로페른은 내기에서 이길 수 있을 것이다.

퀘스트 난이도 : AAA

퀘스트 조건 : 로페른과의 친밀도 70 이상.
　　　　　　300레벨 이상의 소환마

제한 시간 : 일주일

*300마리의 히포스와 300마리의 레이피온을 포획하여 '마계 100구역 마수 농장'에 풀어 놓는다면, 퀘스트가 완료될 것입니다.

보상 : 통솔력 +150
　　　'포획의 달인' 칭호 획득

　　중급 마수인 '히포스'와 '레이피온'을, 각각 300마리씩 포획해야 하는 희대의 노가다 퀘스트.

　　중급 마수의 경우 포획하는 데 제법 정성을 들여야 했기 때문에, 이것은 일반 유저들 기준 일주일 동안 포획만 해야 클리어할 수 있는 극한의 퀘스트라고 할 수 있었다.

　　그럼에도 불구하고 다들 클리어하는 이유는 무려 150이나 되는 통솔력 스텟 보상 때문.

카노엘은 두 눈을 반짝이며, 이안을 향해 입을 열었다.

"형, 혹시 스킬 숙련도 올릴 겸 제 퀘스트 도와주러 오신 건가요?"

두 눈 한가득 기대에 찬 카노엘의 해맑은 표정.

그리고 이안은 그 기대에 부응하는 대답을 내어 놓았다.

"물론. 이 형님이 퀘스트 좀 도와주려고 왔노라."

"오, 오옷!"

카노엘은 정말 감격했다.

그 누구보다 포획 스킬의 숙련도가 높은 데다 마수 포획의 달인이라 할 수 있는 이안이 합류한다면, 이 퀘스트를 하루만에도 클리어할 수 있을 것이기 때문이었다.

"혀, 형님!"

이에 카노엘은 감격에 겨워 말을 잇지 못했다.

이안은 카노엘의 어깨를 가볍게 두들기며, 부드러운 미소를 지어 보였다.

"자, 노엘아, 어서 움직여 보자꾸나."

"예, 형님, 그럼 제가 75구역과 78구역 중 어딜 맡는 게 좋을까요?"

마계 75구역은 '히포스의 둥지' 던전이 있는 맵이었으며, 78구역은 '레이피온의 동굴' 던전이 있는 맵이었다.

때문에 각자 다른 맵으로 가자는 카노엘의 제안은, 최고의 효율을 위한 것이라고 할 수 있었다.

이안이 천천히 고개를 끄덕이며 입을 열었다.

"내가 레이피온을 잡으러 갈게. 네가 히포스를 잡으러 가
도록."

"그, 그래도 괜찮을까요?"

"물론!"

같은 중급의 마수이기는 했지만, 히포스보다 레이피온의
레벨이 훨씬 높다.

당연히 레벨이 높은 레이피온 쪽이 포획 난이도도 훨씬 높
을 수밖에 없는 것.

카노엘은 더욱 감격하고 말았다.

'아, 역시 이안 형님! 동생을 위해 이런 희생정신이라
니…… 앞으로 더욱 충성을 바치겠습니다!'

하지만 그 감격어린 카노엘의 그 표정은 얼마 지나지 않아
사색이 될 수밖에 없었다.

"그런데 노엘아, 조건이 하나 있다."

"……!"

긴장한 나머지 마른침을 한차례 꿀꺽 삼키는 노엘.

그리고 이안의 말이, 천천히 이어졌다.

"퀘스트 끝나면, 포획한 마수들은 전부 내가 가져간다. 오
케이?"

로페른 퀘스트의 끝은 농장에 모아 둔 마수들을 마르텔이
확인하는 것이었다.

때문에 퀘스트가 끝난 뒤, 포획했던 마수들은 다시 되돌려 받을 수 있었다.

이안이 원하는 것은, 바로 이 육백 마리의 마수들이었다.

"하, 하하, 형님, 형님께서 '고작' 중급 마수들 데려다가 어디에 쓰시려고요?"

사실 카노엘은 그 답을 알고 있었다.

육백 마리나 되는 마수들을 이안이 어디에 쓰겠는가.

'히든 클래스도 가지고 계시니, 죄다 마수 연성에 사용하시겠지.'

카노엘도 사실 이 퀘스트가 끝나면, 포획한 마수들을 데리고 세르비안의 연구소로 향할 계획이었다.

육백 마리나 되는 마수들을 연성하다 보면, 최상급 이상의 마수 한 마리 정도는 건질 수도 있기 때문이었다.

그리고 이안의 대답은, 카노엘이 예상했던 그대로였다.

"내가 중급 마수 육백 마리로 뭘 하겠어? 마수 연성하지. 아무튼, 콜?"

카노엘은 결국 울며 겨자 먹기로 고개를 끄덕일 수밖에 없었다.

노가다의 제왕 이안과 함께한 로페른 퀘스트는, 정말 하루도 채 지나기 전에 클리어되었다.

퀘스트가 끝나자 보상을 준 로페른은 어디론가 사라져 버렸고, 마계 100구역의 마수 농장에는 이안과 카노엘만이 남아 있었다.

"자, 이제 실험을 시작해 볼까?"

싱글벙글한 표정으로 육백 마리의 마수들을 둘러보는 이안.

그리고 그의 옆에는, 녹초가 된 카노엘이 거의 기절한 것처럼 쓰러져 있었다.

"형, 형은 힘들지도 않아요? 아니, 힘든 걸 떠나서 지금 새벽 4시인데……. 안 졸려요?"

"응. 지금 설레서 잠도 안 온다, 야."

"……."

말을 잃은 카노엘은 벌떡 일어나 자리에 앉았다.

이대로 누워 있다가는 잠에 들어 자동 로그아웃될 것 같았기 때문이었다.

물론 퀘스트가 완료되었으니 로그아웃되도 크게 상관은 없다.

하지만 카노엘은 그러고 싶지 않았다.

'이 형이 대체 뭘 할지 너무 궁금하니까…….'

이 종잡을 수 없는 형이 육백 마리나 되는 중급 마수들을 연성하면, 대체 뭐가 만들어질지 궁금했던 것이다.

그리고 카노엘이 이런저런 생각을 하는 사이, 이안의 마수 연성 쇼가 시작되었다.

우우웅–!

우웅– 우우웅–!

연달아 쉴 새 없이 울려 퍼지는 마수 연성으로 인한 공명음.

입까지 앙다문 채 집중하고 있는 이안을 카노엘은 유심히 관찰하기 시작했다.

'흐음, 이번이 벌써 다섯 번째 연성이네. 그나저나 다섯 번의 중급 마수 연성 중 세 번이나 성공시키다니……. 마수 연성술사 클래스, 이거 너무 사기 같은데.'

카노엘은 무거운 눈꺼풀을 억지로 들어올리며, 나름대로 이안의 연성 작업을 분석하기 시작했다.

'근데 이 형 대체 뭘 하려는 거지? 벌써 연성을 열 번도 넘게 했는데……. 레시피를 단 한 번도 안 바꾸잖아?'

대부분의 소환마들이 마수를 연성할 때에는, 한 번 연성에 성공하고 나면 레시피를 바꾸는 것이 보통이었다.

어차피 같은 레시피로 계속 연성해 봐야, 똑같은 마수만 만들어지기 때문이었다.

하지만 이안은 무려 똑같은 마수가 다섯 마리나 만들어질 때까지, 레시피를 바꾸지 않고 있었다.

'대체 뭘 하는 거지……?'

정상인(?)인 카노엘로서는, 도무지 짐작조차 할 수 없는 이안의 기행이었다.

그런데 바로 그때, 이안의 레시피가 드디어 바뀌었다.

베이스였던 레이피온을 보조 마수로 바꾸고, 보조 마수였던 히포스를 베이스 마수로 바꾼 것이다.

그리고 그것을 확인한 카노엘은 더욱 당황한 표정이 되었다.

'이 형, 혹시 공식 커뮤니티도 확인 안 한 건가? 거꾸로 연성하는 건 틀린 레시피일 텐데…….'

히포스와 레이피온의 합성 마수는 '레이카스'라는 상급 마수였다.

그리고 레이피온을 베이스로 마수를 연성하는 것이 유저들에게 잘 알려진 레시피였다.

히포스를 베이스로 넣고 레이피온을 보조로 집어넣는 마수 연성은 아무도 성공한 적이 없다는 '틀린 레시피'이기 때문이다.

"하아암."

이안의 기행을 지켜보던 카노엘은 눈물까지 찔끔 흘려 가며 커다랗게 하품했다.

당최 뭘 하는 건지 알 수가 없으니 다시 졸음이 몰려온 것이었다.

다섯 번 중에 세 번이나 연성을 성공시키던 이안은, 벌써 열 번의 마수 연성을 연달아 실패하고 있었다.

'레시피가 틀렸으니 제아무리 이안 형이라도 어쩔 수 없지…….'

슬슬 졸음을 참는 데도 한계가 오기 시작했다.

그런데 바로 그때, 카노엘이 호기심을 버리고 잠을 택하려던 바로 그 순간이었다.

"됐다!"

계속 실패만 반복하던 이안이 양손을 번쩍 들어 올리며 탄성을 내질렀다.

시도하지 말라고 만들어 놓은 '틀린 레시피'를 가지고, 결국 마수 연성에 성공한 것이다.

"오!"

다시 정신이 들기 시작한 카노엘은 쫄래쫄래 이안의 옆으로 다가갔다.

틀린 레시피를 가지고 억지로 만들어진 마수의 정체가 궁금했기 때문이었다.

하지만 잠이 다 달아나기도 전, 카노엘의 입에서 한숨이 푹 하고 새어 나왔다.

"아, 뭐예요, 형. 결국 레이카스잖아요."

틀린 레시피를 가지고 겨우겨우 만들어 낸 마수가, 결국 지금까지 연성했던 마수와 똑같은 녀석이었기 때문이었다.

하지만 실망한 카노엘과는 다르게 이안은 전혀 실망하지

않은 표정이었다.

오히려 실망은커녕 이안의 얼굴에는 희열이 넘쳐나고 있었다.

"후후, 역시 내 예상이 맞았어!"

다만 그 모습을 보는 카노엘은 어이가 없을 따름이었다.

일반적인 상식으로는 도저히 이해할 수 없는 기행을 벌이면서, 이안은 정말 중요한 사실을 알아내었다.

"연성된 마수의 능력치 분포는, 1번 재료로 들어가는 마수의 능력치 분포에 따라 정해지는 거였어!"

지금 이안의 눈앞에는, 두 마리 레이카스의 능력치 창이 떠올라 있었다.

두 마리 모두 방금 연성해서 만들어진 마수였다.

다만 둘 중 한 녀석은 비정상적인 레시피로 만들어진 녀석이었다.

그런데 재밌는 것은 분명 같은 레벨의 같은 이름들 가진 두 마리의 마수가, 완벽히 다른 전투 능력을 가지고 있다는 부분이었다.

물론 카일란에서는 같은 레벨의 같은 개체라 하여도 다른 능력치를 가질 수 있다.

하지만 그 다름의 범위는 그렇게 크지 않다.

특히 레벨이 1인 경우에는, 아무리 커 봐야 플러스마이너스 10퍼센트 정도의 차이를 벗어날 수 없는 것이다.

하지만 이안의 눈앞에 있는 두 마리의 레이카스는, 일반적인 상식을 완전히 벗어나고 있었다.

두 녀석의 전투 능력을 자세히 살펴보면……

-레이카스 : 공격력 : 17, 방어력 : 19, 민첩성 : 8, 지능 : 5

-레이카스 : 공격력 : 18, 방어력 : 9, 민첩성 : 16, 지능 : 4

전체 능력의 합은 엇비슷한데도 불구하고, 능력치 분포가 완벽하게 다른 것이다.

그리고 이런 이상한 결과가 나온 것은 당연히 연성 순서 때문이었다.

'첫 번째 녀석은 레이피온이 베이스고 히포스가 서브로 들어간 녀석이지. 그리고 녀석의 능력치 분포를 보면, 완벽히 히포스의 스텟 구성을 따라갔어.'

레이피온은 사자의 형상을 한, 공격력과 민첩성에 특화된 날렵한 마수이다.

반면에 히포스는, 거대한 하마를 연상케 하는 딜탱형 마수였다.

'그리고 두 녀석을 연성해서 만들어 낼 수 있는 레이카스는, 뚱뚱한 곰 같이 생긴 딜탱형 마수이지.'

반면에 두 번째 레이카스는 스텟 구성이 날렵한 공격형 마수인 '레이피온'을 빼다박았다.

둔해 빠진 레이카스의 외형은 그대로 가져왔지만, 스텟 구성만큼은 날렵한 레이피온을 따라온 것이다.

그리고 이 녀석을 연성할 때 재료로 들어간 마수는 히포스가 아닌 레이피온이었다.

'이제 됐어. 이 시스템을 제대로 이용하면, 진짜 최강의 마수를 만들어 낼 수 있을 거야……!'

카노엘을 열심히 착취한 덕에 이안은 결국 마수 연성 시스템의 모든 구조를 알아낼 수 있었다.

그리고 그것들 중, 가장 핵심이 되는 두 가지의 비밀은 이것이었다.

1. 연성된 마수의 전투 능력 총합은, 베이스가 되는 마수의 능력치를 기준으로 설정된다.

2. 연성된 마수의 전투 능력 분배는, 첫 번째 재료로 들어가는 마수의 능력치 분배 비율에 따라 설정된다.

이 두 가지 명제를 잘만 활용한다면, 이안은 그야말로 본인의 입맛에 맞는 완벽한 마수를 만들어 낼 수 있다.

베이스가 될 마수는 최대한 깡스텟이 높은 녀석으로 데려다 놓고, 첫 번째 재료로 들어갈 마수의 스텟 비율을 가장 효율적으로 만들어 놓으면 되는 것이다.

물론 비율만 좋은 하급 마수를 재료로 넣을 수는 없다.

적어도 베이스가 될 마수와 첫 번째 재료가 될 마수만큼은, '전설' 등급의 마수여야 하기 때문이었다.

그래야만 신화 등급 마수가 탄생하니 말이다.

"이론은 이제 완벽하고……. 이제 재료만 구하면 되겠군."

이안이 귀하디귀한 베히모스를 무려 두 마리나 투자해서 '자이언트 베히모스'를 연성해 낸 이유.

그 이유가 바로 여기에 있었다.

"여, 세르비안, 오랜만이에요!"

오랜만에 마계 107구역에 온 이안은 세르비안을 향해 반 갑게 인사했다.

그리고 이안을 발견한 세르비안 또한, 환하게 웃으며 그를 맞았다.

"오오, 이안, 오랜만이군. 그간 왜 이리 발걸음이 뜸했던 겐가?"

"아, 이런저런 일들이 좀 많았거든요."

"바쁜 일 끝났으면 앞으로는 좀 자주 들르시게. 자네가 뜸 하니, 요즘 너무 심심했거든. 기다리느라 아주 목이 빠지는 줄 알았어."

세르비안은 과장된 표정을 지으며 너스레를 떨었다.

그런 그를 보며, 이안이 피식 웃었다.

"뭘 또 그렇게까지 기다리셨어요."

"스승이 제자를 보고 싶은 건 당연한 이치 아닌가."

"혹시 제가 보고 싶었던 게 아니라, 지난번에 제가 던지고 간 궁금증을 풀고 싶으셨던 건 아니고요?"

"하, 하핫. 뭐 그런 이유도 없잖아 있기는 하지."

이안과 세르비안은 기분 좋은 대화를 나누며 연구소 안쪽에 있는 세르비안의 연구실로 이동했다.

그리고 세르비안은, 더 이상 참을 수 없었는지 이안에게 질문 공세를 펼치기 시작했다.

"자, 이제 말해 보게."

"뭘요?"

"자이언트 베히모스 말이야."

"후후, 우리 스승님 어지간히 궁금하셨나 보네."

"설마 진짜로 연성⋯⋯한 겐가?"

"예?"

"정말 베히모스를 두 마리 집어넣고, 그런 쓸모 없는 마수를 만들어 낸 것이냔 말일세."

침을 튀겨 가며 속사포처럼 말하는 세르비안을 보며 이안은 천천히 고개를 끄덕였다.

"물론이죠. 만들 거 아니었으면 레시피를 왜 얻어 갔겠어요?"

"⋯⋯!"

"실패하지 않으려고, 무려 최상급 마령석까지 투입했다고요."

이안의 말을 전부 다 들은 세르비안은, 연구실 소파에 털썩 하고 주저앉아 버렸다.

"미친……. 네놈은 정말 미친놈이 분명해…….."

베히모스는 '태초의 마수'라는 타이틀을 가지고 있는 전설 등급의 마수였다.

그 자체로도 어마어마한 전투력을 가진 최상급의 마수인데다가 마수 연성 재료로는 더더욱 톱클래스인 녀석인 것이다.

게다가 이제 마계에서는 구할 방법조차 없고 말이다.

정리하자면, 골드로는 값을 매길 수조차 없는 마수가 바로 베히모스인 것이다.

'그런데 그런 엄청난 재료를 둘이나 투입해서 쓰레기를 만들었단 말이지.'

반면에 자이언트 베히모스는 총 스텟만 높다뿐 아무짝에도 쓸모없는 소환수였다.

차라리 이안의 '토르'처럼 특수한 고유 능력을 갖고 있기라도 하다면 얘기가 다를지도 모른다.

그 어마어마한 깡스텟을 이용할 수 있는 특별한 고유 능력 말이다.

한데 이 자이언트 베히모스의 고유 능력은 심지어 노말 베히모스보다 더 질이 떨어졌다.

한마디로 갱생의 여지가 없는 친구라는 이야기.

허탈한 표정을 짓고 있는 세르비안을 보며, 이안이 은근한 목소리로 입을 열었다.

　"세르비안."

　"왜 부르시는가?"

　"궁금하죠?"

　"뭐가 말인가?"

　"제가 왜 이런 미친 짓을 벌였는지요."

　"그걸 지금 말이라고……."

　어이없다는 듯한 표정을 짓는 세르비안을 향해, 이안이 다시 입을 열었다.

　"이거 진짜 들으시면 깜짝 놀랄 겁니다."

　"……?"

　"제가 진짜 마수 연성계에 혁명적인 사실을 발견했거든요."

　이안은 마치 약 올리기라도 하듯 세르비안의 속을 살살 긁었다.

　결국 세르비안은 폭발하고 말았다.

　"그게 대체 뭔가? 자꾸 궁금하게만 만들지 말고 속 시원하게 말해 보시게!"

　그리고 바로 이 순간이 이안이 원하던 상황이었다.

　세르비안의 궁금증을 극대화시켜야만 원하는 것을 얻을 수 있기 때문이었다.

이안의 말이 다시 이어졌다.

"알려 드릴게요, 세르비안."

"어서!"

"대신, 조건이 하나 있어요."

"……!"

"세르비안이 갖고 있는 마수대백과. 그거랑 교환하도록 하죠."

"그, 그건……!"

이안의 마지막 말에, 잔뜩 흥분해 있던 세르비안은 그대로 굳어 버렸다.

이안이 달라고 한 마수대백과는 그가 가장 아끼는 물건이었기 때문이었다.

이안은 슬쩍 세르비안의 눈치를 살폈다.

'역시, 마수대백과를 그냥 달라고 하는 건 좀 무리였나?'

세르비안이 선뜻 대답하지 못하자, 이안은 한 발 양보하기로 했다.

"그게 좀 힘드시면, 한 권 복사해서 주시죠."

"복……사?"

"네. 가까운 마탑 가서 복사 의뢰하시면, 10분이면 뚝딱 한 권 복사해 주잖아요."

"흐음……."

"귀찮으면 제가 가져가서 복사해다 드리고요."

지그시 눈을 감은 세르비안은 고뇌에 빠지고 말았다.

뭔가 이안에게 말려들어 가는 느낌이 들었기 때문이다.

'하지만 그래도 자이언트 베히모스를 만든 이유는 너무 궁금한데…….'

잠시 동안 생각에 잠겨 있던 세르비안은 결국 백기를 들고 말았다.

"좋네. 그 제안, 수락하도록 하지."

드디어 원하던 대답을 들은 이안의 표정이 환해졌음은 물론이었다.

"크, 역시 우리 스승님! 현명하십니다!"

하지만 그 제자에 그 스승 아니랄까 봐 세르비안은 뒤끝 있는 남자였다.

"하지만 그 이유가 별것 아니라면 재미없을 걸세."

"후후, 그건 걱정 않으셔도 됩니다."

세르비안에게 마수대백과를 받은 이안은 곧바로 자신이 연구해 온 썰을 풀기 시작했다.

사실 이안도 이 연구 결과를 하루빨리 세르비안과 공유하고 싶었다.

세르비안을 제외하고는 이 이야기의 가치를 제대로 알아줄 사람이 없기 때문이었다.

그리고 세르비안은 이안의 기대보다 더욱더 흥분하기 시작했다.

"오우, 그게 정말인가?"

"그래서 제 계획이 뭐냐면……."

"오오옷, 정말 자네 말대로만 된다면, 말도 안 되는 미친 마수가 탄생하겠어!"

"후후 그렇죠?"

"크으, 역시 이안, 자네는 대단해!"

이안이 세르비안에게서 '마수대백과' 아이템을 얻으려 한 이유는 사실 간단했다.

'최상의 스텟 비율을 가진 마수를 찾아야 하니까.'

이안은 이제 큰 산을 하나 넘은 상황이었다.

최강의 마수를 연성해 내기 위한 베이스인 '자이언트 베히모스'를 성공적으로 만들어 냈으니 말이다.

베이스 마수 세팅이 끝난 지금, 이안이 구해야 할 두 번째 는 바로 메인 재료가 될 마수.

그리고 이안은 여기에 엄청난 심혈을 기울일 생각이었다.

'등급 상관없이 스텟 비율이 가장 좋은 마수가 어떤 녀석 인지를 알아내야 해.'

일전에도 설명했지만, 메인 재료가 될 마수 또한 '전설' 등 급이어야만 한다.

그래야 신화 등급의 마수를 연성해 낼 수 있으니 말이다.

때문에 원래대로라면, 이안은 '전설' 등급의 마수들 중에서 재료를 찾아야만 한다.

하지만 '마수 연성 공식'을 완벽히 알아낸 이안은, 어떤 등급의 마수가 되었든 '비율'을 유지시킨 채 전설 등급까지 만들어 낼 자신이 있었다.

만약 '최하급' 등급의 마수가 스텟 비율이 좋다고 한다면, 그 녀석을 한 단계씩 진화시켜 전설 등급으로 만든 뒤 재료로 사용할 생각이었던 것이다.

'그래도 기왕이면, 등급이 높은 녀석 중에 마음에 드는 녀석이 있었으면 좋겠네.'

세르비안의 연구실 소파에 몸을 푹 파묻은 이안은 '마수대백과'를 처음부터 정독하기 시작했다.

책과는 담을 쌓은 이안이었지만, 최강의 마수 연성을 위해서는 독서조차도 얼마든지 할 수 있는 그였다.

"흐음, 이 녀석도 괜찮지만 조금 아쉽고……."

이안은 연신 혼잣말을 중얼거리며, 신중한 표정으로 책장을 하나하나 넘기고 있었다.

제법 많은 시간이 흘러가고 있었지만, 이안은 전혀 개의치 않았다.

사실상 완성될 마수의 스텟 비율을 설정하는 작업이, 이번 마수 연성에 있어서 가장 중요한 작업일 수도 있기 때문이었다.

그리고 그렇게, 2시간 정도가 흘렀을까?

"이거다!"

쥐죽은 듯 소파에 앉아서 책장만을 넘기고 있던 이안이, 주먹을 불끈 쥐며 자리에서 벌떡 일어섰다.

이안은 무척이나 영리한 전투 스타일을 추구한다.

무작정 힘으로 찍어 누르는 스타일이 아니라, 최소한의 대미지를 입으면서 최대한의 효과를 낼 수 있는 효율적인 전투를 선호한다는 의미였다.

때문에 이안이 찾는 스타일은 두 가지 정도였다.

첫째로는 공격력과 순발력 위주로 스텟이 구성된 마수, 그리고 둘째로는 지능과 순발력 위주로 스텟이 구성된 마수였다.

'전투에서 최고 효율을 뽑으려면 높은 순발력은 필수이고…… 나머지 모든 스텟이 공격력과 지능 중 하나에 몰빵되어 있으면 강한 위력을 발휘할 수 있겠지.'

공격력 스텟은 말 그대로 소환수의 공격력을 의미한다.

하지만 조금 더 정확히 말하자면, '물리' 공격력을 의미한다고 할 수 있었다.

반면에 '지능' 스텟은 소환수의 전투 능력에 두 가지 영향을 미친다.

　첫 번째는 어휘 그대로의 의미인 소환수의 '지능'.

　즉, 소환수의 AI에 영향을 미치는 것.

　두 번째는 소환수의 '마법 공격력'이었다.

　때문에 이안이 가장 피하고 싶은 스텟 구성은, 지능과 공격력이 동시에 높은 유형이었다.

　물리 공격력과 마법 공격력이 둘 다 어중간하게 높은 것보다는, 한쪽에 몰빵되어 있는 것이 훨씬 고효율이기 때문이다.

　'아예 공격력과 지능 둘 중 한 스텟이 제로에 수렴하는 마수는 없는 걸까?'

　어차피 연성된 마수가 가진 스텟의 총합은, 베이스가 되는 마수의 스텟 총합에 의해 결정된다.

　그리고 효율 낮은 하나의 스텟이 제로에 수렴할수록, 그 능력치는 다른 효율 좋은 스텟으로 넘어갈 것이다.

　하여 몇 시간동안 마수대백과를 뒤진 끝에 이안이 찾아낸 녀석은 바로 이 녀석이었다.

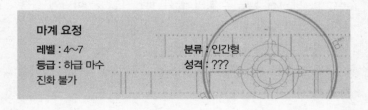

마계 요정

레벨 : 4~7　　　　　　분류 : 인간형

등급 : 하급 마수　　　성격 : ???

진화 불가

공격력 : 0~6　　　　　　　　방어력 : 14~27
민첩성 : 34~49　　　　　　　지능 : 37~52
생명력 : 590~770
'푸른 마계의 숲' 초입에 서식하는 귀여운 마계의 요정입니다.
귀여운 외모와 달리 싸움을 좋아합니다.
제법 강력한 에너지 볼을 구사합니다.

'후후, 좋았어. 아무리 찾아봐도 이 친구보다 적합한 녀석은 보이질 않는단 말이지.'

등급이 너무 낮다는 점이 유일하게 아쉬운 부분이었지만, 그것은 노가다로 극복하면 될 일이었다.

이 녀석의 비율 그대로 전설 등급의 마수가 탄생할 때까지, 백 번이고 천 번이고 연성술을 돌리면 되니 말이다.

'지금 당장 푸른 마계의 숲으로 가야겠어. 한 1천 마리 정도 잡다 보면 원하는 녀석을 얻을 수 있겠지..'

이안이 원하는 가장 이상적인 마계 요정의 스텟은 다음과 같았다.

공격력 : 0　　　　　　　　　방어력 : 14
민첩성 : 49　　　　　　　　지능 : 52
생명력 : 590

"흐흐, 자이언트 베히모스의 깡스텟에 이 스텟 비율이면, 카카보다 지능이 높고 라이보다 민첩성이 높은 신화 등급 소환수를 뽑아낼 수 있을 거야."

신이 난 이안은 서둘러 세르비안의 연구소를 벗어났다.

그의 목적지는 마계 유저들의 '초보자 사냥터'라고 할 수 있는, '푸른 마계의 숲'이었다.

'푸른 마계의 숲'으로 가기 전, 이안은 잠시 경매장에 들렀다.

필요한 아이템이 하나 있었기 때문이었다.

-755만 골드를 지불하셨습니다.

-'마족의 가면' 아이템을 획득하셨습니다.

'마족의 가면' 아이템은 낮은 레벨대의 마족 유저들이 많이 찾는 잡화 아이템이었다.

투구 위에도 그대로 착용할 수 있으며, 착용할 시 마기와 마기 발동률을 올려 주기 때문이다.

더해서 착용에 아무런 제한이 없었으니, 저레벨 마족들에게는 정말 꿀 같은 아이템이었다.

때문에 카일란은 처음이지만 돈은 많은 '지갑 전사'들이 필수로 구매하는 아이템이 바로 이 '마족의 가면'이었던 것.

물론 이안이 마족의 가면을 구입한 것은 다른 이유 때문이었지만 말이다.

'이걸 쓰고 있으면 완벽히 위장할 수 있겠지.'

'마족의 가면' 아이템에는 일반적으로는 신경 쓰지 않는 부가 옵션이 하나 존재한다.

*착용한 유저의 모든 상태 정보를 감춰 줍니다.
(착용한 유저보다 더 높은 레벨의 유저에게는 통하지 않습니다.)

이안은 바로 이 옵션 때문에 마족의 가면을 구입한 것이었다.

'내가 마계를 활보하고 있다는 사실이 알려져서 좋을 건 없으니까.'

물론 카일란에서는 개인 정보를 '비공개' 설정할 수 있는 옵션이 있다.

하지만 비공개 설정만으로 가릴 수 없는 부분들이 있었으니, '종족'과 '직업' 그리고 '신분' 같은 것들이었다.

이제 이안은 유명인이다.

마계에, 종족이 '인간'이면서 클래스가 '소환술사'이고 심지어 지위가 '국왕'의 신분인 유저가 돌아다닌다면, 바보가 아니고서야 이안인 것을 전부 알아볼 것이었다.

'난 조용히 노가다만 하고 싶다고.'

이안의 '포털 겹치기'에 당한 마족의 랭커들은, 지금도 이를 부득부득 갈고 있었다.

이런 상황에 만약 이안의 위치가 노출된다면 척살령이 떨어질 게 분명했다.

그런 귀찮고 번거로운 상황은 피하고 싶었다.

'자, 이제 가 볼까.'

모든 준비를 마친 이안은, 빠르게 움직이기 시작했다.

이제부턴 기나긴 노가다의 시간이었다.

"와, 저 사람 부럽다. 마족의 가면이라니…….."

"흑, 나도 월급 좀 털어서 가면 사고 시작할까?"

"야 저거 못해도 7백만 골드는 넘을걸? 두 달, 아니 세 달 치 월급 털어서 살 셈이야?"

"크윽, 게임마저도 빈익빈 부익부라니…….."

마족의 가면을 착용한 이안이 지나가자 초보 마족 유저들이 선망의 시선으로 쳐다보았다.

그리고 사실 그것은 당연한 수순이었다.

1레벨에 마족의 가면을 착용한다면, 한동안은 일반적인 초보 유저들보다 거의 5~10배 이상 빨리 레벨 업 할 수 있을 것이기 때문이었다.

1레벨부터 거의 10레벨 이상의 전투력을 발휘할 수 있으니 말이다.

이안이 쓰고 있는 마족의 가면 아이템에서 눈을 떼지 못하는 초보 마족 유저들.

물론 이안은 그런 시선들을 전혀 신경 쓰지 않았다.

"웃차, 요정들 서식지가 푸른 마계의 숲 3-1이라고 했었지?"

지금 이안의 관심사는 오직 '마계 요정'이 가장 많이 젠되는 좌표를 찾는 것뿐.

'내가 원하는 최상급 비율을 가진 마계 요정을 잡으려면, 확률상 못해도 수천 마리는 잡아야 될 거야.'

때문에 처음 자리를 잘 잡는 것도 무척이나 중요할 수밖에 없었다.

어쨌든 10분 정도 마계의 숲을 뒤지던 이안은 괜찮은 명당을 찾아 자리를 잡았다.

'오케이. 이제 시작해 볼까?'

씨익 웃는 이안을 불안한 표정으로 응시하는 수십 마리의 마계 요정들.

이안은 일단 눈앞에 보이는 녀석부터 잡아 보기로 했다.

"포획!"

그리고 근처에서 그 모습을 우연히 유저들은 어이없는 표정이 되었다.

"뭐야, 저 녀석? 소환마의 기본도 모르는 바보였잖아?"

"저기요, 마수 포획을 시도하려면 먼저 생명력을 많이 깎아야 한다고요. 아무리 하급 마수라지만 쉽게 보면 큰 코 다쳐요!"

"어휴, 현질만 잔뜩 하고 시작하는 겜알못이었구먼."

"쯧."

그리고 그런 유저들의 반응은 사실 당연한 것이었다.

아무리 마계 요정의 레벨이 낮다고 해도 대미지를 전혀 입히지 않은 상태에서 포획하는 것은 무척이나 어렵기 때문이었다.

모르긴 몰라도 포획 숙련도가 고급 이상의 수준에는 이르러야, 아무런 피해를 입히지 않고 마수를 포획하는 것이 가능할 터.

그리고 그런 고레벨의 유저가 이 사냥터에 있을 리는 없으니 말이다.

하지만 다음 순간, 이안을 비웃던 유저들은 당황할 수밖에 없었다.

우웅― 우우웅―!

마계 요정의 앞에 모여든 붉은 빛이, 순식간에 녀석을 집어삼키더니 허공에서 사라졌기 때문이었다.

그리고 이것은 분명 포획에 성공했을 때만 나타날 수 있는 이펙트였다.

"뭐, 뭐야?"

"헐, 어떻게 저럴 수가 있지?"

당황한 유저들은, 자신들 나름대로 납득할 수 있을 만한 이유를 찾기 시작했다.

"저거, 무슨 아티팩트가 분명해!"

"맞아요. 저 사람 분명, 포획 관련된 아티팩트를 뭔가 가지고 있을 거야."

"와, 지금 바로 로그아웃하고 커뮤니티 가서 검색해 볼까?"

"아서라. 그런 아이템이 있다고 해도 비싸서 우린 못 살 거야."

"흑흑."

제멋대로 결론을 내려 버린 유저들은 이안이 더욱 부러워졌다.

"크윽, 오늘도 흙수저는 웁니다."

"야, 우리 저 사람이랑 친해져 볼까?"

"뭐? 저 사람이 뭐가 아쉬워서 우리랑 친해져?"

"형님으로 모시면 뭐 콩고물이라도 떨어지지 않을까?"

"저 사람이 몇 살인 줄 알고 형님으로 모셔, 미친놈아."

"짜식, 순진한 척할래? 원래 돈 많으면 다 형이야, 인마."

"……."

그러나 유저들의 놀라움은 거기서 끝이 아니었다.

이안이 한 번에 마계 요정을 포획한 것으로 모자라 마구잡이로 포획을 시작했기 때문이었다.

우웅-.

우우웅-!

1분도 채 지나기 전에, 벌써 열 마리가 넘는 마계 요정을 포획해 버린 이안.

구경하던 유저들은 이제 어이가 없을 지경이 되었다.

"뭐지? 쟤 지금 벌써 열다섯 마리째 잡고 있어."

"아무리 마계 요정이라도 열 마리 이상 잡으려면 통솔력 30은 필요할 텐데?"

"이것도 템발의 힘인가?"

그리고 몇 분이 더 지나자 유저들은 이제 이해하는 것 자체를 포기할 수밖에 없었다.

이안이 포획한 마계 요정이, 두 자리 수를 넘어 세 자리 수로 향하고 있었기 때문이었다.

"호, 혹시 운영자?"

"야 우리 다른 데 가자. 여기는 쟤 때문에 사냥도 못하게 생겼어."

"그러게. 저거 분명 GM 같은데, 초보자 사냥터에 와서 왜 행패를 부리는 거지?"

결국에는 구시렁거리며, 사냥터를 떠나고 마는 초보자 유저들이었다.

그리고 잠시 후, 쉴 새 없이 포획만을 외치던 이안이 드디어 자리에 멈춰 섰다.

"휴, 이제 딱 백 마리 잡았네. 어디 한번 쓸 만한 녀석이 있나 확인해 볼까?"

이안의 한쪽 입꼬리가 슬쩍 말려 올라갔다.

처음 '푸른 마계의 숲'으로 향할 때, 이안은 대충 반나절 정도의 노가다를 예상했었다.

확률적으로 좋은 능력치 비율을 가진 마계 요정을 잡는 게 쉽지는 않을 테지만, 그래도 반나절 정도면 수천 마리를 잡을 수 있을 테니 말이다.

하지만 이안의 예상은 완벽히 빗나갔다.

이안이 원하는 비율의 요정을 포획했을 때는, 거의 하루가 전부 지나갔을 시점이었다.

아마 숫자로 따지면, 최소 만 마리는 넘는 요정을 잡았을 것이었다.

"휴우, 드디어……!"

이안은 눈을 반짝이며, 방금 잡은 마계 요정의 정보 창을 오픈하였다.

하루 종일 미친 듯이 노가다만 하였음에도 불구하고 이안의 두 눈은 반짝이고 있었다.

바로 이 순간, 노가다의 결실이 맺어지고 있었으니까.

마계 요정

레벨 : 5
등급 : 하급 마수
진화 불가
공격력 : 0
민첩성 : 38
생명력 : 595

분류 : 인간형
성격 : ???

방어력 : 16
지능 : 52

'푸른 마계의 숲' 초입에 서식하는 귀여운 마계의 요정입니다.
귀여운 외모와 달리 싸움을 좋아합니다.
제법 강력한 에너지 볼을 구사합니다.

원하는 비율의 마계 요정을 찾는 것이 당초 예상보다 어려웠던 이유는, 사실 이안이 고집하는 '공격력 0퍼센트'에 있었다.

마계 요정의 공격력 스텟은 0~6 사이로 책정되는데, 그중에서도 스텟 0은 엄청나게 낮은 확률로 등장했던 것이다.

게다가 지능 스텟만큼은 최대치인 52를 찍으려 하였으니, 확률이 기하급수적으로 낮아지는 것은 당연한 수순이라 할 수 있었다.

"공격력 0에 지능 맥스. 방어력도 최하치보다 약간 높은 수준이고……."

이안은 스텟들을 하나하나 계산해 가며, 꼼꼼히 분석하기 시작했다.

"민첩성이 좀 낮은 게 아쉽지만, 지능 비율이 높아지니까

이 정도는 감수할 만해."

이안이 잡은 마계 요정의 지능 능력치 비율은, 전체 스텟의 50퍼센트에 육박하는 수준이었다.

거기에 민첩성 능력치의 비율이 30퍼센트 이상을 차지하니, 그야말로 비정상적인 비율이라 할 수 있었다.

'비정상적이지만, 효율만큼은 최강이 되겠지.'

방어력과 생명력 비율이 많이 낮긴 하지만, 그건 어마어마한 깡스텟으로 극복할 수 있다.

이안의 예상에 이 비율대로 마수가 완성되더라도, 라이보다는 탱킹 능력이 나은 녀석이 탄생할 것 같았다.

애초에 이 녀석의 베이스가 되는 '자이언트 베히모스'의 총 스텟은, 어지간한 전설 등급 소환수의 두 배를 상회하는 수준이니 말이다.

그에 10퍼센트라고 하여도, 결코 무시할 수 없는 수준일 것이었다.

"자, 이제 연성을 하러 한번 가 볼까……?"

이젠 이 녀석의 비율 그대로 '전설' 등급의 마수를 만들어야 할 차례.

이안의 마수 연성 숙련도는 이미 마스터 등급이었고, 중급~상급 마령석만 활용해도 영웅 등급까지는 거의 100퍼센트의 확률로 만들어 낼 수 있을 것이었다.

"돌아가는 길에 최상급 마령석을 하나 더 사야겠어. 어떻게든 이 녀석으로 한 번에 전설 등급까지 만들어야지."

이제는 정말 '최강의 마수'를 만날 날이 얼마 남지 않았다는 생각에, 이안의 심장박동이 조금씩 빨라져 오기 시작했다.

그리고 그에 맞춰, 이안의 걸음도 더욱 빨라졌다.

하루, 이틀.

그렇게 보름 정도의 시간이 더 흘러갔다.

이것은 이안이 예상했던 수준의, 정확히 두 배 정도 되는 기간이었다.

'재료를 전부 구하는 게 이렇게까지 오래 걸릴 줄은 몰랐지.'

가장 구하기 어려운 '자이언트 베히모스'를 준비해 놓았던 상황이었으니, 일주일 정도면 나머지 재료를 완성할 수 있을 것이라 여긴 것이다.

심지어 이안은 첫 번째 재료까지도 금방 완성하였다.

운 좋게 한 번의 실패도 없이 마계 요정을 전설 등급까지 올린 것이다.

그 과정에서 최상급 마령석을 두 개나 사용했지만, 그 정도는 감수할 만한 투자였다.

물론 마계 요정은 베이스가 아닌 서브로 들어가야 했기 때문에, 완성된 전설 등급의 재료는 완전히 다른 마수였다.

　그렇다면 이안은 대체 어떤 재료를 구하는 데 시간이 오래 걸린 것일까?

　재료를 전부 따지자면 열 가지도 넘었지만, 이안을 고생시킨 재료는 두 가지였다.

　그리고 그 첫 번째는 바로 '마수 능력석'이었다.

　이안이 꼭 구하고 싶었던 마수 능력석은 바로 전설의 마수 '타르베로스'의 능력석.

　이안은 이 타르베로스의 고유 능력 중에서도 '시간을 돌리는' 능력을 마수 연성에 꼭 넣고 싶었던 것이다.

어둠의 모래시계 능력석

분류 : 잡화　　　　　　　　　　**등급 : 전설**

전설의 마수 '타르베로스'의 고유 능력인 '어둠의 모래시계' 능력이 담긴 마수 능력석입니다.

마수 연성에 이 아이템을 재료로 넣을 시, 연성된 마수에게 높은 확률로 해당 고유 능력이 장착됩니다.

　마수 능력석의 드롭률은 무척이나 극악하다.

　게다가 타르베로스는 마계에서도 그 개체 수가 많지 않은 녀석이었다.

　때문에 이안은, 능력석을 얻는 데 제법 고생할 수밖에 없었다.

'후후, 그래도 이걸 못 넣고 연성했으면, 분명 나중에 엄청 후회했을 거야.'

그리고 이안을 고생시킨 마지막 하나의 재료.

이것은 의외로(?) 완성될 마수의 능력치와 큰 연관이 없는 재료였다.

창조주의 지점토

분류 : 잡화   **등급** : 영웅

창조주가 생명을 창조할 때 사용하는 지점토입니다.
신의 권능이 깃들어 있는 희귀한 아이템으로, 마수 연성 시 사용하면 해당 마수의 외형이 변경됩니다.
*외형은 랜덤으로 결정되며, 돌이킬 수 없습니다.
*외형은 연성될 마수의 능력치에 일정 부분 영향을 받습니다.
*완성될 마수의 능력치를 −1.5〜+1.5퍼센트만큼 상승시킵니다.

이안이 커뮤니티를 전부 뒤지고, 경매장이란 경매장을 전부 수소문한 끝에 겨우 구해 낸 마지막 재료.

이것은 지극히 이안의 취향 때문에 벌어진 일이었다.

'뭐로 변해도 좋으니, 자이언트 베히모스의 외형만 아니면 돼!'

세르비안의 연구실에 자리 잡은 이안은 마수 연성 마법진을 그리고, 준비한 모든 재료를 그 위에 올려놓았다.

그러자 옆에 있던 세르비안이 눈을 반짝이며 탄성을 내질

렀다.

"오오, 드디어……!"

사실 마수 연성술사인 이안은, 굳이 세르비안의 연구소가 아니더라도 연성하는 데 아무런 문제가 없었다.

하지만 세르비안이 역사적인 순간에 함께하고 싶다며 간절히 부탁했기 때문에, 그의 연구소에서 진행하기로 한 것이다.

"후우!"

이안은 뛰는 심장을 진정시키고 크게 심호흡하였다.

이 마수 연성에 들어간 재료를 돈으로 환산하면 그야말로 천문학적인 액수였기 때문에, 아무리 이안이라 하더라도 떨릴 수밖에 없는 상황이었다.

"이제 갑니다!"

이안은 마법진을 향해 두 손을 힘껏 뻗었다.

그리고 잠시 후…….

우우웅―!

이안의 마수 연성 마법진이 붉게 빛나기 시작하였다.

to be continued

꿈의 도약, 로크에서 하십시오
(주)로크미디어에서 신인 작가를 모십니다

즐거운 세상, 로크미디어는 꿈을 사랑하고 도전을 두려워하지 않는 작가 분들의 참신한 작품을 기다리고 있습니다. 21세기 장르 문학계를 이끌어 갈 차세대 선두 주자 (주)로크미디어에서 여러분의 나래를 활짝 펴 보시길 바랍니다.

모집 분야 판타지와 무협을 포함한 장르 문학
모집 대상 아마추어 작가, 인터넷 작가
모집 기한 수시 모집
작품 접수 시 유의 사항
1. 파일명은 작가명_작품명.hwp형식을 갖춰 주십시오.
1. 파일에 들어갈 내용은 다음과 같습니다.
    - 성명(필명인 경우 실명을 밝혀 주세요), 연락처, 이메일 주소
    - 제목, 기획 의도
    - A4용지 1장 분량의 등장인물 소개
    - A4용지 2장 분량의 전체 줄거리
    - 본문
1. 작품이 인터넷에 연재되고 있다면, 게시판명과 사이트의 구체적이고 정확한 주소를 기재해 주십시오.

선택된 작품은 정식 계약 후 출판물로 간행되어 전국 서점에 유통됩니다.
작가 분은 (주)로크미디어의 전폭적인 지원하에 전속 작가로 활동하시게 됩니다.
※ 자세한 내용은 로크미디어 홈페이지(rokmedia.com)를 참조하세요.

(03920)서울시 마포구 성암로 330 DMC첨단산업센터 3층 314호
(주)로크미디어 편집부 신간 기획 담당자 앞
전화 : 02 - 3273 - 5135
www.rokmedia.com   이메일 : rokmedia@empas.com

지금 공략하러 갑니다

유성 게임 판타지 장편소설

『아크』『로열페이트』『아크 더 레전드』작가 '유성'!
제대로 화끈하게 즐기는 게임 판타지로 귀환하다!

잘나가던 먹방 BJ였으나 위암으로 인해 강제 은퇴하게 된 태인
치료는 했지만 먹고살 길이 막막한 그의 선택은, 게임 BJ?
넘쳐 나는 고인물 BJ들을 뚫고 꽁꽁 숨겨진 1%를 찾아라!

멋지고 화려한 전투를 하는 이들 사이에서
구르고 깨지고 날아다니며(?) 처절한 전투를 선보이고
누구도 도전하지 않던 게임 속 먹방까지……

가상현실 게임과 스트리밍까지 몽땅 다,
『지금 공략하러 갑니다』

회귀자의 그랜드슬램

mensol 스포츠 장편소설
ROK SPORTS FANTASY STORY

백전노장 루키가 온다?
테니스부터 축구까지, 최강 경력 17세!

가문 대대로 내려오는 윤회의 저주
반복과 무료의 끝에서 찾은 전대미문의 목표!

"지윤 선수, 어느 종목의 그랜드슬램 말씀인가요?"
"거기 있는 종목, 전부 다요."

지윤의 무기는 오로지 윤회! 시간! 경험!
저 선수요? 초면이지만 262번 붙어 봤습니다

지피지기면 백전백승!
어마어마한 짬으로 스포츠계를 접수한다!